Alonan Doyle

셜록 홈즈 전집 2

네 개의 서명

셜록 홈즈 전집 2

네 개의 서명

초판	1쇄 발행	2012년 12월 10일
개정판	1쇄 발행	2020년 6월 1일
	8쇄 발행	2023년 12월 30일

지은이	아서 코난 도일
옮긴이	박상은
펴낸이	한승수
펴낸곳	문예춘추사
편 집	구본영
마케팅	박건원
디자인	박소윤

등록번호	제300-1994-16
등록일자	1994년 1월 24일
주소	서울시 마포구 동교로27길 53 지남빌딩 309호
전화	02-338-0084
팩스	02-338-0087
블로그	moonchusa.blog.me
E-mail	moonchusa@naver.com

ISBN	978-89-7604-149-4 04840
	978-89-7604-147-0 (세트)

셜록 홈즈 전집 2

Sherlock Holmes

네 개의 서명

아서 코난 도일 지음 | 박상은 옮김

문예춘추사

일러두기

1. 외래어 표기법에 따르면 홈즈Holmes는 '홀스'로 써야 하나 이 책에서는 독자들에게 익숙한 '홈즈'로 표기하였습니다.

2. 원서에 쓰인 인치, 마일, 야드, 피트, 파운드 등의 단위는 우리에게 익숙한 센티미터, 미터, 킬로미터, 킬로그램, 그램 등으로 환산하여 표기하였습니다.

3. 최대한 원문에 가깝게 번역했으나 우리 정서에 맞지 않는 부분은 문장을 다듬었습니다. 또한 낯선 단어나 해석이 필요한 구절에 역주를 달아 독자들의 이해를 도왔습니다.

4. 다양한 작가의 그림을 실어 보는 재미를 살렸습니다.

Sherlock Holmes

1. 추리학

셜록 홈즈는 벽난로 위에 있는 선반 구석에서 늘 보이던 병을 꺼내 들고, 모로코산 가죽으로 만든 세련된 케이스에서 주사기를 꺼냈다. 그리고 섬세해 보이는 희고 긴 손가락으로 가느다란 바늘을 끼우더니 셔츠 왼쪽 소매를 걷어붙였다. 생각에 잠긴 듯한 그의 시선은 주사바늘 자국이 여기저기에 잔뜩 남아 있는 나무토막 같은 팔뚝으로 향했다. 잠시 후, 홈즈는 날카로운 바늘을 팔뚝에 찌르고 조그만 피스톤을 누르더니 만족스럽다는 듯이 숨을 훅, 내쉬었다. 그러고는 벨벳을 두른 팔걸이가 달린 의자에 깊이 몸을 묻었다.

나는 몇 개월 전부터 홈즈의 이런 행동을 하루에 세 번씩이나 보았다.

아무리 봐도 마음이 편해지기는커녕 오히려 볼 때마다, 날이 거듭될수록 그런 행동을 지켜보는 것이 더 괴로워지기만 했다. 그리고 난 충고를 해 줄 만한 용기가 없다는 생각에 매일 밤 자괴감에 시달리고 있었다. 하루라도 빨리 그 행동을 그만두라고 말하고 자괴감에서 벗어나자고 얼마나 다짐했던가! 하지만 냉정하고 무심한 친구의 모습을 보면 곧 용기가 사라져 그런 말은 도저히 입 밖으로 낼 수 없었다. 지금까지도 수없이 뛰어난 솜씨를 발휘한 위대한 능력자가 자신감에 넘쳐서 그윽하게 앉아 있는 모습을 앞에 둘 때면, 나는 괜히 주눅이 들어서 상대의 뜻을 거스르기 어려웠다.

하지만 그날 오후에는, 점심에 마신 붉은 포도주 때문인지 아니면 너무나도 차분한 그의 태도에 점점 화가 나서인지는 모르겠지만, 더 이상은 잠자코 있을 수가 없었다. 내가 물었다.

"오늘은 또 뭔가? 모르핀? 아니면 코카인?"

홈즈는 귀찮다는 듯이 펼쳐 들었던 낡은 독일어 책에서 눈을 떼며 말했다.

"코카인, 7퍼센트 용액이지. 자네도 한번 해 보겠나?"

나는 무뚝뚝하게 대답했다.

"사양하겠네. 아프가니스탄에서 돌아오고 나서 아직도 체력이 회복되지 않았네. 더 이상 몸을 망가뜨릴 수는 없어."

내가 격렬한 어조로 내뱉자 홈즈는 조용히 웃으며 말했다.

"아마 자네 말이 맞을 걸세, 왓슨. 확실히 몸에 좋지 않아. 하지만 난 이 녀석이 주는 각성효과 덕분에 정신이 맑아져서 아주 기분이 좋단 말이야. 부작용 같은 것에 신경 쓸 여유가 없어."

나는 진지한 표정으로 말하기 시작했다.

"그래도 그 결과를 생각해 보게! 자네 말대로 머리가 자극을 받아 맑아질지는 몰라도, 그건 부자연스럽고 물리적인 방법일 뿐이야. 조직이 갑자기 격렬하게 변화하는 바람에 결국에는 몸을 영원히 망쳐 버릴 걸세. 어떤 부정적인 반응이 나타나는지는 이미 잘 알려졌고 그것을 감수할 만한 가치가 없다는 것도 확실해졌네. 자네는 왜 한순간의 쾌락을 얻으려고 타고난 재능을 잃을지도 모를 짓을 하는 건가? 나는 단지 친구가 아니라 의사로서도 어느 정도 책임이 있기 때문에 말하는 거야. 그 점을 잊지 말게나."

홈즈는 기분이 상한 것 같지 않았다. 오히려 의자 팔걸이에 양쪽 팔꿈치를 얹더니 양쪽 손가락 끝을 마주 대고 즐거운 이야기를 하려는 듯한 자세를 취했다.

"가슴이 답답해서 견딜 수가 없네. 내게 문제를, 일을 주게나. 머리를 쥐어짜야 할 복잡한 문제나 어려운 암호라도 가져다준다면 평소의 나로 돌아갈 수 있을 걸세. 그럼 주사도 맞을 필요가 없지. 이렇게 아무 변화도 없는 나날을 보내면 따분해서 견딜 수가 없다네. 나는 가슴이 두근거리는 일을 하고 싶어서 이런 특수한 직업을 선택한 거야. 아니, 선택했다기보다는 만들어 냈다고 해야겠군. 이 직업을 가진 사람은 세상에 나 하나밖에 없을 테니 말이야."

"자네가 세상에서 하나밖에 없는 사립 탐정이란 말인가?"

내가 눈을 치켜뜨며 물었다.

"세상에서 하나밖에 없는 사립 고문탐정이지."

홈즈가 대답했다.

"나는 범죄 수사를 마지막으로 처리하는 최고 법원라고 할 수 있지. 그렉슨이나 레스트레이드, 애설니 존스 같은 사람들은, 뭐 언제나 그 모양이긴 하네만, 수사하다 난관에 봉착하게 되면 결국 내게 그 사건을 가져오네. 나는 전문가로서 증거 자료를 조사하고, 전문가의 입장에서 의견을 발표하지. 하지만 그럴 때도 난 결코 내 이름을 알리려고 아등바등하지 않네. 신문에도 내 이름이 대문짝만 하게 나는 일은 없지. 일 그 자체, 다시 말해서 나의 특수한 능력을 실제로 발휘하는 즐거움 그 자체가 나에겐 더할 나위 없이 완벽한 보수일세. 제퍼슨 호프 사건을 함께 해결하면서 자네도 내가 일하는 방식을 조금은 알았겠지?"

"그럼, 물론이지!"

나는 진심을 담아 말했다.

"태어나서 지금까지 그렇게 강렬한 인상을 받은 것은 처음이었다네. 《진홍색 연구》라는 조금 환상적인 제목으로 작은 책 한 권을 썼을 정도니까."

홈즈가 씁쓸하게 고개를 저었다.

"나도 그 책을 한번 훑어보기는 했네. 하지만 솔직히 말해서 별로 칭찬해 주고 싶은 마음이 없어. 범죄 수사는 엄밀한 과학이고, 그래야만 하네. 그러니 과학과 마찬가지로 감정 없는 냉정한 시선으로 바라봐야 하는데 자네는 거기에 소설 같은 요소를 더하려 했어. 그래서 마치 유클리드 기하학의 다섯 번째 정의에 연애나 사랑의 도피 같은 이야기를 넣은 꼴이 되어 버렸네."

"하지만 그 사건에는 실제로 연애 이야기도 있었지 않나? 사실을 왜곡할 수는 없네."

나는 항변했다.

"버려야만 하는 진실도 있는 법일세. 적어도 전체적인 균형이 맞도록 다루어야 하지 않겠나. 그 사건에서 꼭 말해야 할 사실은 결과에서 원인을 밝혀내는 분석적 추리법 딱 하나였다네. 내가 사건을 해결한 그 방법 말일세."

다른 누구도 아닌 홈즈를 기쁘게 할 생각에 몹시 정성 들여 쓴 작품이었다. 그런데 이런 식으로 비판을 들으니 부아가 치밀었다. 솔직히 말하자면, 내 작은 책 한 줄 한 줄을 전부 자신의 활약상에 관한 내용으로 채워 주기를 바라는 듯한 자만심 강한 그의 모습에도 조금 화가 났다. 베이커 가에서 우리가 함께 생활한 지도 몇 년이 흘렀다. 그동안 홈즈는 걸핏하면 남에게 가르치는 투로 말했고, 차갑게 느껴질 만큼 침착한 태도로 자기 자랑을 늘어놓은 것도 한두 번이 아니었다. 하지만 나는 아무 말 없이 상처 난 다리를 쓰다듬으며 의자에 앉았다. 걷는 데 지장은 없었지만 예전에 제자일 탄이 뚫고 지나간 다리는 날씨가 조금만 꾸물거려도 욱신욱신 쑤셨다. 잠시 후, 홈즈가 오래된 브라이어 파이프에 담배를 채워 넣으면서 말했다.

"최근에는 활동 범위를 넓혀서 유럽 대륙에서도 일하고 있네. 지난주에는 프랑수와 르 빌라르가 조언을 구하러 왔어. 자네도 알고 있겠지만 그 친구는 최근 프랑스 탐정계에서 이름이 조금 알려진 자일세. 켈트인[1]답게 사물을 꿰뚫어 보는 날카로운 힘이 있지만 추리를 한 단계 끌어올리는 데 필요한 폭넓고 정밀한 지식은 별로 없다네. 그가 자문한 사건은 어떤 유언장에 관한 것이었는데 재미있는 몇 가지 문제가 얽혀 있었지. 나는 그와 아주 유사한 두 사건, 그러니까 1857년에 리가에서 일어난 사건과 1871년에 세인트루이스에서 일어난 사건을 참고하라고 일러 주었는데 그게 문제를 해결하는 데 큰 도움을 준 모양이야. 오늘 아

---

1) Celt. 프랑스, 독일, 스위스, 알프스 산맥 주변에서 출현한 아리아 족의 일파로, 영국과 프랑스 등지에 퍼졌다.

침에 고맙다는 편지를 받았네."

그렇게 말하면서 홈즈는 외국어로 쓴 꾸깃꾸깃한 편지지를 던져 주었다. 읽어 보니 '훌륭한'이나 '뛰어난 솜씨', '숙련된 재빠른 재주' 등 프랑스인답게 허풍을 떨면서 홈즈를 칭찬하는 말이 가득 했다.

"제자가 선생님한테 보내는 편지 같군."

내가 말했다.

"그러게 말이야. 조금 도와준 걸 너무 높게 평가하는 것 같아."

셜록 홈즈가 가볍게 받아넘겼다.

"빌라르 그 사람도 상당한 재능이 있네. 이상적인 탐정에게 필요한 세 가지 조건 중에서 두 가지는 확실히 갖추고 있지. 관찰력과 추리력은 문제없어. 다만 아직은 지식이 조금 부족한데 그것도 차차 갖추어 나갈 걸세. 지금 그 사람은 내가 쓴 하찮은 글을 프랑스어로 번역하고 있다네."

"자네가 쓴 글?"

"아, 자네는 몰랐나?"

홈즈가 웃으면서 소리 쳤다.

"실은 심심풀이로 쓴 논문이 몇 편 있다네. 전부 내 전문 분야를 다루고 있는데, 예를 들면 〈여러 가지 담뱃재를 구별하는 방법에 관하여〉라는 것도 그중 하나지. 나는 그 논문에서 140종류의 시가, 궐련, 파이프담배에 대해 설명했고, 컬러 그림을 실어서 담뱃재를 구별하는 방법을 알려주었네. 재는 형사재판에서 언제나 문젯거리가 되고, 종종 중요한 단서가 되기도 하거든. 예를 들어, 어떤 살인범이 독한 인도산 잎담배를 피운다는 사실이 확인되면 그것만으로도 수사 범위가 상당히 좁아진다네. 훈련을 쌓은 사람에게는 트리치노폴리[2]의 검은 재와 버드아이[3]의 하얀 솜털 같은 재를 구별해 내는 일도 양배추와 감자를 구별하는 것만큼 간단하다네."

"자네는 사소한 것에 정말 민감하군."

내가 말했다.

"난 사소한 것들이 얼마나 중요한지 아는 걸세. 여기 있는 건 발자국 추적에 대한 논문이야. 석고를 사용해서 발자국을 보존하는 방법을 설명했네. 그리고 이건 직업이 손에 미치는 영향을 조사한 조금 특이한 논문일세. 지붕 없는 사람, 뱃사람, 코르크 자르는 사람, 조판 짜는 사람, 직조공, 다이아몬드를 연마하는 사람들의 손 모양이 석판으로 인쇄되어 있네. 이건 과학적 수사를 하는 탐정에게 도움이 돼. 특히 신원을 알 수 없는 시신이 발견된 사건에서나 범인의 전과를 확인할 때 큰 도움이 되지. 이거 미안하네. 너무 내 이야기만 해서 좀 지루하겠군."

"무슨 말인가? 전혀 그렇지 않네."

나는 몸을 앞으로 내밀며 말했다.

"아주 흥미로운걸. 게다가 난 종종 자네가 그런 것들을 실전에서 응용하는 걸 보고 있잖나. 자네가 지금 관찰과 추리에 대해서 말했는데, 이 둘 사이에는 분명히 어느 정도 공통점이 있다고 할 수 있겠지."

"아니, 절대 그렇지 않네."

홈즈는 의자에 몸을 한껏 파묻어 자세를 편하게 한 뒤에 담배 연기를 내뿜었다. 진하고 푸른 연기가 빙글빙글 맴돌며 허공으로 올라갔다.

"예를 들어서 관찰은, 자네가 오늘 아침에 위그모어 가의 우체국에 갔다는 사실을 알려 주지. 하지만 자네가 전보를 쳤다는 사실을 알려 주는

---

2) Trichinopoly. 인도 타일나두 주의 도시 티루치라팔리Tiruchirapalli의 영국식 이름이자, 이곳에서 재배되는 시가를 가리킨다.
3) birdeye. 새의 눈 같은 반점이 있는 담배로, 담뱃잎 중앙의 잎맥도 같이 썰어 만든다.

건 추리일세."

"맞아! 둘 다 맞았네! 그런데 대체 어떻게 그런 것까지 알고 있는 건가? 오늘 아침에 갑자기 전보 생각이 떠올라서 아무에게도 말하지 않고 다녀왔는데 말이야."

홈즈는 내가 놀라는 것을 보고 껄껄 웃으며 말했다.

"아주 간단해. 너무 간단해서 설명할 필요도 없지만 관찰과 추리의 차이를 확실하게 알아보는 데 도움이 될 걸세. 여기서는 자네 구두코에 붉은 흙이 조금 묻은 게 보이네. 지금 위그모어 가 우체국 건너편은 도로 공사를 하느라 보도블록이 파헤쳐졌고 흙이 드러나 있지. 우체국에 가려면 반드시 그 흙을 밟고 지나가야 하네. 내가 알기로, 이 근방에서 그 독특한 붉은 흙을 볼 수 있는 곳은 거기뿐이야. 여기까지가 관찰이고 나머지는 추리라고 할 수 있을 걸세."

"그렇다면 내가 전보를 친 사실은 어떻게 추리했나?"

"그건 오늘 아침에 자네가 편지를 쓰지 않았다는 사실을 알고 있기 때문일세. 나는 계속 자네와 마주 앉아 있었고, 열려 있는 자네 책상 서랍을 보니 우표와 엽서가 고스란히 남아 있네. 전보를 치려는 게 아니라면 우체국에 갈 이유가 없지. 다른 요인들을 모조리 제거하고 나면 최후에는 진실만이 남는 걸세."

나는 잠깐 생각에 잠겼다가 대답했다.

"이번 경우는 틀림없이 자네 말이 맞았네. 하지만 자네 말대로 문제가 너무 간단했을지도 몰라. 이번 기회에 조금 더 어려운 문제를 내서 자네 이론을 시험해 봐도 괜찮겠나?"

홈즈가 답했다.

"괜찮고말고! 그렇게 해 준다면 코카인을 한 번 맞지 않아도 되네. 어

떤 문제든 던져 주면 기꺼이 풀어 보겠네."

"자네는 예전에, 매일 쓰는 물건이라면 무엇이든지 간에 거기에 반드시 주인의 개성이 묻어난다고 했지. 그래서 숙련된 관찰자라면 그 물건을 보고 주인의 개성을 바로 읽어 낼 수 있다고도 했네. 그럼, 여기 있는 이 회중시계를 보게. 내가 최근에 손에 넣은 것일세. 전 주인의 성격과 습관에 대해서 자네 생각을 말해 줄 수 있겠나?"

나는 홈즈에게 시계를 건네주면서, 이 시험은 도저히 합격할 수 없을 거라는 생각에 조금 고소한 마음이 들었다. 이번 기회에 때때로 혼자 잘난 척 떠드는 홈즈를 혼내 주고, 교훈으로 삼게 해야겠다고 생각했다.

홈즈는 시계를 손바닥에 얹어 무게를 가늠해 보기도 하고 가만히 시계 숫자판을 들여다보기도 했다. 그러더니 곧 뒤쪽 뚜껑을 열고 처음에는 육안으로, 나중에는 성능 좋은 돋보기로 안에 있는 기계 부품을 자세히 조사했다. 마지막으로 시계 뚜껑을 닫고 내게 다시 돌려주었는데 그의 기운 빠진 표정을 보고 내 얼굴에는 절로 미소가 떠올랐다. 이윽고 홈즈가 말했다.

"정보가 될 만한 게 거의 없군. 이 시계는 얼마 전에 청소를 한 모양이야. 단서가 될 만한 게 전부 사라져 버렸어."

"그렇다네. 깨끗이 청소한 뒤에 내 손에 들어왔거든."

나는 마음속으로, 궁색한 변명을 해서 위기에서 벗어나려는 홈즈를 비난했다. 설령 시계를 청소하지 않았다 하더라도 거기에서 무엇을 알아낼 수 있겠는가?

"만족스럽지는 않지만, 알아낸 것이 전혀 없지는 않네."

홈즈는 꿈꾸는 듯한 멍한 시선으로 천장을 올려다보며 말했다.

"틀린 곳이 있으면 바로잡아 주게나. 이 시계는 자네 형님이 아버님께 물려받은 것일세."

"뒤에 새겨진 'H. W.'라는 글자를 보고 알아냈겠지?"

"맞아. 'W.'는 자네의 성이니까. 시계가 언제쯤 만들어졌는지 살펴보니 적어도 50년은 된 거더군. 'H. W.'라는 문자도 지워진 정도로 봐서 그 무렵에 새겨졌다는 걸 알았네. 다시 말해서, 이건 우리 윗세대가 가지고 있던 물건이야. 일반적으로 이런 귀금속은 장남이 물려받고, 장남은 대개 아버지와 똑같은 이름을 따르기 마련이지. 자네 아버님은 꽤 오래 전에 돌아가셨다고 했지? 그러니 이 시계는 자네의 맏형님이 가지고 있었을 거야."

"거기까지는 맞았네. 그 밖에 또 알아낸 건 없나?"

"자네 형님은 야무지지 못하고 조심성이 없었네. 앞길이 창창하고 촉망받는 사람이었지만 여러 번 기회를 놓쳐 버렸고, 때때로 형편이 좋아지기도 했지만 그것도 한순간에 불과했고 대부분은 가난하게 살았네.

결국에는 술에 빠져 버렸고, 그 바람에 돌아가시게 됐네. 내가 알아낸 건 이 정도일세.”

나는 자리에서 벌떡 일어났지만 언짢은 마음을 달랠 길이 없어서 다리를 절룩이며 방 안을 서성였다.

“자네답지 않군, 홈즈.”

내가 말했다.

“자네가 이렇게 심하게 굴 거라고는 상상도 못했네. 자네는 이미 오래전에 불행한 삶을 보낸 형님의 과거를 다 조사해 놓은 거야. 그걸 지금 기발한 방법으로 추리해 낸 척하고 있고. 그 모든 사실을 형님의 낡은 시계를 보고 알아챘다고 믿게 하려 하지만, 내가 믿을 수 있을 것 같나? 남을 배려하는 마음도 없고, 솔직하게 말해서 거의 사기에 가깝다고 생각하네.”

홈즈가 조용히 말했다.

“여보게, 왓슨, 부디 용서해 주게. 나는 이걸 어려운 문제로 보고 그걸 푸는 데 너무 열중한 나머지, 그게 자네에게 무척이나 가슴 아픈 이야기라는 사실을 잠시 잊고 있었네. 하지만 정말로 나는 그 시계를 받기 전까지 자네에게 형님이 있었다는 사실도 몰랐네.”

“그럼 대체 어떻게 그렇게 많은 사실을 알아낸 건가? 자네가 한 말은 전부 사실과 일치한다네.”

“운이 좋아서 그런 걸세. 나는 단지 그럴 거라고 생각되는 것들만 말했을 뿐이야. 그렇게 완벽하게 맞아떨어질 줄은 나도 몰랐네.”

“그렇다 해도 단순한 추측은 아니었겠지?”

“물론 그렇진 않네. 나는 추측은 하지 않아. 추측을 하는 나쁜 습관이 버릇이 되면 논리적으로 생각하는 힘을 잃어버리거든. 자네가 의아해하는 이유는, 내가 생각한 과정을 모르고 추리의 근거가 되는 작은 사실들을 발견하지 못했기 때문일세. 예를 들어서, 나는 처음에 자네 형님이 조심성 없는 사람이라고 했네. 그 시계의 뒷면을 보면 두 군데나 찌그러져 있고 곳곳에 흠집이 나 있네. 그건 시계를 동전이나 열쇠처럼 딱딱한 물건과 함께 주머니에 넣는 습관이 있었기 때문일세. 값이 50기니나 되는 시계를 그처럼 험하게 다루는 걸 보면 분명히 조심성 없는 사람일 테니 그런 추리가 맞아떨어져 봤자 조금도 자랑스러워할 건 없겠지. 그리고 이렇게 비싼 시계를 물려받았다면 다른 유산도 꽤 물려받았을 거라고 생각해도 그다지 틀리지는 않을 걸세.”

나는 그의 논리를 아주 잘 이해했다는 뜻으로 고개를 끄덕여 보였다.

“영국의 전당포에서는 시계가 들어오면 뒷면에 핀 끝으로 번호를 새기는 게 일반적인 관습이라네. 그렇게 해 두면 번호가 지워져서 시계가 바뀔 염려가 없으니 꼬리표를 붙이는 것보다 편리하지. 그런데 돋보기로 보니 이 시계는 뒷면에 그런 번호가 네 개나 있었네. 그래서 우선 자네 형님은 금전적으로 궁핍할 때가 자주 있었으리라고 생각했지. 그 다음에 그분은 가끔씩 형편이 좋아지기도 했다는 사실을 알았네. 그렇지 않고서야 전당포에 맡긴 물건을 다시 찾을 수는 없었을 테니까 말이야. 마지막으로 태엽 감는 구멍이 있는 안쪽 판을 보게. 그 구멍 주위가 긁힌 자국으로 가득하지? 그건 열쇠를 잘못 꽂아서 난 흠집이라네. 또렷한 정신 상태였다면 이런 흠집을 낼 리가 없지만, 언제나 술에 취해 있는 사람의 시계는 꼭 이렇지. 밤에 술에 얼큰하게 취해서 열쇠를 넣으니 손이 떨려서 이런 흠집을 내고 마는 걸세. 지금까지 내 말에 이상한 점이라도 있나?”

“전혀 없네. 아주 잘 알겠어. 자네를 오해해서 미안하네. 자네의 뛰어난 재능을 좀 더 믿었어야 했는데 말이야. 그럼 지금 맡은 사건은 없나?"

"한 건도 없다네. 그래서 코카인 주사를 맞는 거지. 나는 한시라도 머리를 쓰지 않으면 살아갈 수가 없다네. 그것 말고 살아갈 만한 이유가 어디 있겠나? 여기 창가에 서서 좀 보게. 누런 안개가 거리를 감싸고 맴돌다가 검게 그을린 집들 위로 떠다니는 게 보이지 않는가? 이렇게 삭막하고 황량한 세상이 또 어디 있겠나? 왓슨, 아무리 힘이 있어도 그것을 펼쳐 보일 무대가 없으면 아무짝에도 쓸모없네. 그저 그런 범죄가 일어나니 생활도 그저 그렇다네. 모든 것이 너무나도 평범해서 지루하기 짝이 없어."

홈즈의 말에 내가 대답하려는 찰나, 문을 두드리는 소리가 나더니 하숙집 아주머니가 명함을 얹은 놋쇠 쟁반을 들고 왔다.

"밖에 젊은 아가씨가 와 있어요."

아주머니가 홈즈를 향해 말하자, 그는 명함에 적힌 이름을 읽었다.

"메리 모스턴 양? 기억에 없는 이름인데. 올라오라고 하세요, 허드슨 부인. 왓슨, 자네는 가지 말고 같이 있는 게 좋겠어."

2. 사건에 대한 진술

모스턴 양은 망설임 없이 당당하게 걸어 방 안으로 들어왔다. 체구는 아담했고 머리카락은 품위 있는 금발인 젊은 아가씨였다. 장갑은 손에 꼭 맞았고 흠잡을 데 없는 복장이었다. 하지만 옷이 소박하고 장식이 없는 것을 보니 썩 부유한 집안은 아닌 듯했다. 잿빛이 감도는 수수한 베이지색 옷에는 주름이나 끝단의 장식도 없었다. 머리에는 옷과 같은 색깔의 조그만 터번을 둘렀는데, 한쪽 끝에 붙인 하얀 깃털 같은 것이 장식의 전부였다. 이목구비가 뚜렷한 편도 아니었으며 피부가 그다지 좋아 보이지도 않았지만 표정은 귀여웠고 애교 있어 보였다. 그리고 다정함과 숭고한 정신을 내보이는 크고 푸른 눈이 인상에 남았다.

지금까지 세 대륙에 걸쳐 여러 나라를 돌아다니며 수많은 여성들을 보았지만, 이처럼 세련되고 우아한 성격이 잘 드러난 얼굴은 처음이었다. 나는 모스턴 양이 셜록 홈즈가 권한 의자에 앉을 때 입술이 떨리고 손이 부들거리는 것을 놓치지 않았다. 심한 마음의 동요가 겉으로 드러난다는 사실을 금방 알 수 있었다. 모스턴 양이 말했다.

"전 세실 포레스터 부인에게 홈즈 선생님에 대한 말씀을 듣고 찾아왔습니다. 예전에 홈즈 선생님이 포레스터 부인의 집안 문제를 해결해 주셨다고 하셔서요. 부인은 선생님이 매우 친절하고 경험이 많으며 뛰어난 실력을 가진 분이라고 감탄하셨습니다."

"세실 포레스터 부인이라고요?"

홈즈는 그 이름을 되뇌며 생각을 더듬었다.

"조금 도와드린 적이 있었지요. 하지만 내 기억에는 아주 간단한 사건이었는데요."

"부인은 그렇게 생각하지 않으십니다. 그리고 제가 부탁드리려는 문제는 그렇게 간단하지도 않고요. 지금 저는 상상할 수도 없을 만큼 괴상하고 이해할 수 없는 상황에 처해 있습니다."

홈즈는 눈을 반짝이며 손을 비볐다. 매처럼 날카로운 얼굴에 긴장을 숨기지 않으며, 홈즈는 의자에 앉은 채로 상체를 앞으로 내밀었다.

"사건에 대해서 말씀해 주시죠."

홈즈가 사무적인 어조로 또렷하게 말했다. 내가 있으면 방해가 될 것 같았다.

"저는 이만 실례하겠습니다."

내가 막 의자에서 일어서려던 참에 뜻밖에도 젊은 아가씨가 장갑

낀 손을 들어 나를 말렸다.

"친구분도 제 이야기를 함께 들어주셨으면 합니다."

나는 다시 의자에 앉았고, 모스턴 양은 이야기를 시작했다.

"중요한 점만 말씀드리죠. 저희 아버지는 인도에 주둔하던 연대의 사관이셨는데 제가 아주 어릴 때 저를 영국으로 보내셨습니다. 어머니는 일찍 돌아가셨고 영국에는 의지할 만한 곳도 없었지요. 하지만 저는 에든버러에 있는 시설 좋은 기숙학교에 들어가서 열일곱 살이 될 때까지 살았습니다. 1878년에 연대의 선임 대위였던 아버지가 1년 동안 휴가를 얻어 영국으로 돌아오셨습니다. 아버지는 런던에 무사히 도착했다는 전보를 보내셨습니다. 랭엄 호텔에 묵고 있으니 바로 그곳으로 오라고 하셨어요. 지금 생각해 봐도 그 전보는 다정함과 사랑으로 가득 차 있었습니다.

저는 런던에 도착하자마자 마차를 타고 랭엄 호텔로 갔습니다. 그런데 호텔에 물어보니 모스턴 대위가 숙박하고 있지만 어젯밤에 나가서 아직 돌아오지 않았다고 했습니다. 저는 하루 종일 기다렸지만 아무 소식도 없었습니다. 저는 그날 밤, 호텔 지배인이 권하는 대로 경찰에 신고했고, 다음 날 아침에는 모든 신문에 광고를 냈습니다. 여러 가지로 손을 썼지만 아무 소득이 없었습니다. 그날부터 지금까지, 불행에 빠지셨을 아버지에게 아무런 연락도 오질 않습니다. 아버지는 편안히 쉴 생각에 즐거운 마음으로 귀국하셨는데 도리어 그것 때문에……."

모스턴 양이 한 손을 목으로 가져가며 흐느끼기 시작했고 거기서 이야기가 끊겼다.

"그게 언제 벌어진 일입니까?"

홈즈가 수첩을 펼쳐 들며 말했다.

"아버지가 행방불명되신 게 1878년 12월 3일이었으니 벌써 10년 가까이 지났습니다."

"아버지의 짐은?"

"호텔에 그대로 남겨 두었어요. 하지만 그 안에 단서가 될 만한 건 아무것도 없었습니다. 옷 몇 벌과 책 몇 권, 그리고 인도 동쪽의 벵골만 동부에 있는 안다만제도에서 수집한 진귀한 물건들이 여러 개 있었을 뿐입니다. 아버지는 그 섬에서 교도소 경비대 대장으로 계셨거든요."

"아버님 친구 중에 런던에 사는 분은 안 계십니까?"

"제가 알기로 딱 한 분 계세요. 아버지와 같은 봄베이 보병 제34 연대의 숄토 소령님이죠. 소령님은 그 일이 생기기 얼마 전에 퇴역해서 런던의 어퍼 노우드에 살고 계셨어요. 물론 그분에게도 연락을 해 봤지만 동료였던 아버지가 영국에 돌아오신 사실조차 몰랐습니다."

"그건 좀 이상하군요."

홈즈가 말했다.

"더 이상한 일은 지금부터입니다. 약 6년 전의 일이에요. 정확히 말씀드리면 1882년 5월 4일 〈타임스〉에 제 주소를 알고 싶다는 광고가 실렸습니다. 거기에는 바로 연락을 주면 제게 아주 좋은 일이 있을 것이라고 쓰여 있었지만, 광고를 낸 사람의 주소와 이름은 적혀 있지 않았습니다. 그때는 제가 세실 포레스터 부인 댁에 가정교사로 막 들어갔을 무렵이에요. 저는 부인이 말씀하신 대로 같은 신문 광고란에 제 주소를 실었습니다. 그랬더니 그날로 작은 상자 하나가 우편으로 배달되어 오더군요. 열어 봤더니 반짝반짝 빛나는 커다란 진주 하나가 들어 있었습니다. 하지만 편지 같은 건 전혀 없었어요. 그때부터 매년 같은 날만 되면 똑같은 진주가 담긴 똑같은 상자가 배달되어 오는데, 보내는 사람의 신원을 알 수 있는 단서가 전혀 없습니다. 보석 전문가에게 보여 주니 제가 받은 진주는 진귀하고 가치가 상당하다고 합니다. 보시면 아시겠지만 정말 훌륭한 진주예요."

모스턴 양은 그렇게 말하면서 납작한 상자를 열어 지금까지 본 적이 없을 정도로 아름다운 진주 여섯 개를 보여 주었다.

"정말 재미있는 이야기입니다. 그런데 모스턴 양 신변에 다른 일이 또 일어났나요?"

셜록 홈즈가 말했다.

"바로 오늘, 새로운 일이 생겼습니다. 제가 이렇게 선생님을 찾아뵈러 온 이유이지요. 오늘 아침에 이런 편지를 받았습니다. 한번 읽어 보시겠어요?"

"그러지요. 보여 주세요."

홈즈가 말했다.

"봉투도 같이 보여 주시죠. 아, 런던 남서구 우체국 소인이 찍혀 있군. 날짜는 7월 7일. 음! 귀퉁이에 묻은 남자의 엄지손가락 지문은 아마 우체부가 남긴 거겠지. 편지지는 최고급에, 봉투도 한 다발에 6펜스는 하겠어. 문구류를 신경 써서 고르는 사람이야. 보낸 사람의 주소는 없고. '오늘 밤 7시에 라이시엄 극장 밖에 있는, 왼쪽에서 세 번째 기둥으로 와 주십시오. 의심스럽다면 친구 두 분을 데려와도 좋습니다. 당신은 매우 불행한 처지이니 공정한 보상을 받아야 합니다. 단, 경찰에게는 알리지 마십시오. 그러면 모든 일이 수포로 돌아갑니다. 익명의 친구로부터.' 정말이지 이건 수수께끼 같은 일이로군요. 이제 어떻게 하실 생각이죠, 모스턴 양?"

"저는 바로 그 문제에 대해서 상담하려고 온 겁니다."

"그럼 내가 함께 가겠습니다. 모스턴 양과 나, 그리고…… 아, 왓슨 박사가 좋겠군요. 편지에 친구 둘을 데리고 와도 좋다고 쓰여 있으니 말입니다. 나와 왓슨은 예전부터 함께 일하고 있습니다."

"그럼, 함께 가 주시겠어요?"

모스턴은 애원하는 듯한 목소리와 표정으로 말했다.

"제가 도움이 될 수 있다면 기꺼이 함께 가겠습니다."

내가 힘주어 말했다.

"두 분 모두 정말 친절하시네요. 사실 저는 교제를 활발하게 하지 않아서 의논할 만한 친구도 별로 없거든요. 그러면 제가 6시까지 여기로 오면 될까요?"

"늦어도 그 시간까지는 오십시오. 그리고 한 가지 더 궁금한 게 있습니다. 편지의 글씨체와 진주가 담긴 소포의 글씨체가 일치합니까?"

"혹시 몰라서 가져왔습니다."

모스턴 양은 그렇게 말하며 종이를 여섯 장 꺼냈다.

"모스턴 양은 정말 훌륭한 의뢰인입니다. 뛰어난 직관력이 있어요. 그럼 어디 한번 볼까요?"

홈즈는 그 종이를 테이블 위에 펼쳐 놓고 재빠르게 한 장 한 장 살펴본 뒤 말했다.

"편지를 빼고 나머지 것들은 일부러 필체를 바꿨군요. 하지만 틀림없이 모두 같은 필체입니다. 'e'를 자기도 모르게 흘려 써서 그리스 문자처럼 보입니다. 단어 끝에 있는 's'의 휘어진 부분을 보세요. 두말할 나위 없이 같은 사람의 글씨입니다. 괜한 희망을 품게 하려는 것은 아니지만, 모스턴 양, 혹시 이 필적과 아버님의 필적이 비슷하지는 않습니까?"

"전혀 그렇지 않습니다."

"그럴 줄 알았습니다. 그럼 6시에 기다리고 있겠습니다. 이 편지들은 내가 가지고 있어도 되겠습니까? 아직 3시 반밖에 되지 않았으니, 다시 오실 때까지 좀 더 자세히 살펴보는 편이 좋을 듯해서요. 그럼 잠시 후에 다시 만나지요."

"그럼 전 이만 실례하겠습니다."

모스턴은 인사를 하고, 부드럽게 빛나는 눈으로 우리를 번갈아 바라본 뒤, 진주 상자를 품에 안은 채 서둘러 밖으로 나갔다. 나는 창 옆에 서서 가벼운 걸음으로 거리를 걸어가는 그녀의 뒷모습을 바라보았다. 회색 터번과 하얀 깃털이 점점 작아지더니 저 멀리 사람들 속으로 점이 되어 사라졌다.

"정말 매력적인 아가씨야!"

나는 감탄하며 말하고 홈즈를 돌아보았다.

"그래? 별로 주의 깊게 지켜보지 않아서 잘 모르겠군."

홈즈는 파이프에 다시 불을 붙이더니 의자에 몸을 파묻고 눈을 내리깐 채 나른하고 무심한 목소리로 말했다.

"자네는 정말로 인조인간이나 계산기 같은 사람일세. 때때로 전혀 인간미를 느낄 수 없단 말이야."

나도 모르게 언성을 높이자 홈즈는 조용히 미소를 지었다.

"사람의 겉모습에 넘어가 판단을 그르치지 않는 게 가장 중요해. 내게는 의뢰인도 그저 사건과 관계있는 한 단위, 한 요소에 지나지 않네. 상대에게 감정이 섞이면 올바른 추리를 할 수 없게 되거든. 지금까지 내가 만나 본 여자 중에서 가장 매력적인 사람은 보험금을 노리고 어린아이를 셋이나 독살한 죄로 교수형에 처해졌네. 그리고 남자 중에서 가장 혐오스럽게 생겼던 사람은 런던의 빈민들에게 25만 파운드에 가까운 돈을 기부한 자선 사업가였지."

"하지만, 이번 경우는……."

"내게 예외는 없다네. 예외를 허용하면 법칙 자체가 힘을 잃어버리니까. 자네는 필적으로 사람의 성격을 판별하는 연구를 해 본 적이 있나? 이 글씨를 보면 무슨 생각이 드나?"

"또렷하게 써서 읽기 쉽군. 빈틈없고 야무진 사람 같은데."

내가 대답하자 홈즈는 고개를 저었다.

"길게 써야 하는 글자들을 보게나. 이것들은 위로 길게 써야 하지만 거의 위로 올라가지 않았어. 그래서 'd'와 'a'가 비슷해 보이고 'l'이 'e'로 보이기도 하지. 성격이 야무지다면 아무리 갈겨쓴다 해도 길게 써야 하는 글자는 제대로 길게 쓸 걸세. 게다가 'k'는 흔들려서 안정감이 없어 보이고, 대문자에서는 강한 자만심을 엿볼 수 있네. 난 잠깐 나가 봐야겠어. 조사할 게 조금 있어서. 그동안 이 책을 한번 읽어 보겠나? 윈우드 리드[4]의 《인류의 고뇌》라는 책인데 지금까지 발간된 책 중에서도 가장 잘 쓰여진 축에 드는 책일세. 난 한 시간쯤 뒤에 돌아오겠네."

나는 홈즈가 건네준 책을 들고 창가에 앉았다. 그러나 생각이 책에서 멀리 벗어나는 바람에 저자의 대담한 의견은 머릿속에 하나도 들어오지 않았다. 내 마음속은 방금 전에 찾아왔던 손님에 대한 생각, 그녀의 미소와 깊이 있고 탄력 있는 목소리, 그리고 그녀의 인생을 위협하는 의문의 수수께끼로 가득 차 있었다. 그녀의 아버지가 사라진 것이 17세 때의 일이라면 지금 그녀는 27세일 것이다. 어린 아가씨들이 자의식을 떨쳐 내고 경험을 쌓아 조금은 분별 있는 행동을 할 수 있게 된, 꽤 매력적인 나

---

4) William Winwood Reade(1838~1875). 영국의 역사가, 탐험가, 철학자. 유명한 저서로 《인간의 순교The Martyrdom of Man》(1872)와 《아웃카스트The Outcast》(1875) 등이 있다.

이였다. 앉아서 그런 생각에 잠겨 있던 나는 갑자기 터무니없는 상상이 떠오르자 책상 앞으로 달려가 최신 병리학 논문을 꺼내 보았다. 다리 절고 주머니 사정도 좋지 않은 만신창이 군의관이 그런 생각을 하다니? 그녀는 그저 한 단위, 한 요소에 지나지 않는다. 만약 어두운 미래가 나를 기다리고 있다면, 망상의 도깨비불을 비춰 밝히기보다는 차라리 남자답게 그 어둠에 맞서는 게 나을 것이다.

3. 해결의 실마리를 찾아서

홈즈는 오후 5시 반이 넘어서야 돌아왔다. 밝고 활기가 넘쳤으며 자신 감이 흘렀다. 홈즈의 경우, 가장 음침한 절망을 겪고 난 다음에는 이렇게 고양된 상태가 번갈아 나타났다.

"이 사건에 대단한 의문은 없을 듯하네. 사실을 모아 보면 나올 수 있는 가능성은 하나뿐이야."

내가 차를 따라준 찻잔을 집으며 홈즈가 말했다.

"뭐라고! 자네, 벌써 사건을 해결했나?"

"글쎄, 그렇게 말하기는 좀 어렵고. 난 그저 가능성 있는 사실을 확인했을 뿐이야. 하지만 아주 그럴듯하지. 세세한 일들은 이제부터 여러 가지로 알게 되겠지. 그저 나는 예전 〈타임스〉를 조사해서, 어퍼 노우드에 살던 봄베이 보병 제34 연대 출신의 숄토 소령이 1882년 4월 28일에 사망했다는 사실을 알아냈을 뿐이네."

"내가 아둔해서 그런지는 몰라도 나는 그게 무슨 뜻인지 도통 알 수가 없군."

"알 수가 없다니? 정말 놀랍군. 자, 그러면 이렇게 생각해 보게. 모스턴 대위가 행방을 감추었네. 런던에서 대위가 찾아감 직한 사람은 숄토 소령뿐일세. 그런데 숄토 소령은 대위가 런던에 왔다는 사실조차 모른다고 했고, 4년 뒤에 죽었네. 그가 사망하고 나서 일주일도 지나지 않아 모스턴 대위의 딸은 귀한 선물을 받았고, 그 선물은 매년 되풀이되었어. 심지어 이번에는 그녀에게 '당신은 매우 불행한 처지'라고 말한 편지까지 날아왔지. 그 불행한 처지라는 게 아버지의 죽음 말고 무엇을 가리키겠나? 그리고 숄토 소령이 죽은 다음부터 선물이 오기 시작했는데 그 이유는 뭘까? 그건 소령의 상속인이 어떤 비밀을 알고 있고, 어떤 식으로든 그녀에게 보상하고 싶어 한다고밖에 생각할 수 없네. 자네는 이런 사실에 들어맞는 다른 의견이라도 가지고 있나?"

"하지만 보상도 참 희한하게 하는군! 정말 묘한 방법이야! 그리고 왜 6년 전이 아니라 이제 와서 편지를 보낸 거지? 편지에는 그녀가 정당한 보상을 받아야 한다고 쓰여 있었는데, 대체 무엇을 보상받아야 한다는 걸까? 모스턴 양의 아버지가 아직 살아 있다고 생각하기는 힘들겠지. 아버지가 실종된 사건만 빼면 그녀에게 다른 불행은 없는 듯한데."

"몇 가지 이해할 수 없는 것이 있다네. 정말이지 이해가 안 되는 점들이야."

홈즈가 생각에 잠긴 채 말했다.

"하지만 오늘밤에 그곳에 나가 보면 모든 것을 알 수 있을 걸세. 아, 사륜마차가 왔군. 안에 모스턴 양이 타고 있어. 준비는 다 됐나? 괜찮다면 지금 나가세. 약속 시간이 조금 지났으니."

나는 모자와 가장 묵직한 지팡이를 손에 들었지만, 홈즈는 서랍에서 권총을 꺼내 주머니에 넣고 있었다. 그가 오늘밤의 일을 심각하게 생각한다는 사실을 잘 알 수 있었다.

모스턴 양은 검은 외투를 입고 있었다. 그녀의 세심한 얼굴은 차분했지만 얼굴빛은 하얗게 질려 창백해 보였다. 우리가 지금부터 시작할 아주 커다란 일에 전혀 불안해하지 않는다면 그녀는 여자 그 이상의 존재일 것이다. 하지만 그녀는 자신을 완벽하게 다스렸고 셜록 홈즈가 추가 질문 몇 개를 던지자 선뜻 대답했다.

"숄토 소령님은 아버지와 특히 친한 분이셨어요. 아버지의 편지에는 언제나 소령님에 관한 이야기가 가득했습니다. 소령님과 아버지는 안다만제도에서 같은 부대를 지휘하셨기 때문에 함께 지내는 시간이 많았습니다. 아 참, 아버지의 책상 안에서 아무도 이해할 수 없는 종이쪽지를 발견했는데, 큰 의미가 없을지도 모르지만 보고 싶어 하실 것 같아서 일단 가져왔어요. 여기 있습니다."

홈즈는 그 종이를 조심스레 펼쳐서 무릎 위에 놓고 구김을 폈다. 그리고 이중 렌즈를 꺼내 꼼꼼하고 자세하게 살펴보았다. 홈즈가 입을 열었다.

"인도에서 만든 종이로군. 판에 핀으로 꽂아 두었고. 넓은 방, 회랑, 복도가 많은 커다란 건물의 일부를 그린 평면도 같아. 한곳에 빨간 잉크로 십자 표시를 해 두었고 그 위에 연필로 '왼쪽에서 3, 37'이라고 희미하게 쓰여 있는 게 보여. 왼쪽 구석에 십자가 네 개를 나란히 붙여 놓은 듯한 기묘한 부호도 있고. 그 옆에 마구 갈겨쓴 '네 개의 서명―조너선 스몰, 무함마드 싱, 압둘라 칸, 도스트 아크바르'라는 글씨가 적혀 있어. 이거, 솔직히 말해서 이 종이가 사건과 어떤 관계가 있는지 잘 모르겠습니다. 하지만 중요한 서류라는 사실은 분명합니다. 앞뒤가 모두 깨끗한 걸 보니 지갑 같은 데 넣어 소중하게 보관했던 것 같군요."

"네, 그래요. 아버지의 지갑에 있었어요."

"그럼 잘 보관해 두세요, 모스턴 양. 나중에 도움이 될지도 모르니까요. 이 사건은 처음 예상했던 것보다 더 깊고 미묘하다는 생각이 들기 시작했습니다. 생각을 다시 가다듬어 봐야겠군요."

홈즈는 마차 좌석 등받이에 몸을 파묻었다. 찌푸린 미간과 텅 빈 눈을 보고 그가 생각에 깊이 잠겨 있다는 사실을 알았다. 모스턴 양과 나는 우리가 어떻게 조사하고 어떤 결과가 나올지 작은 목소리로 이야기를 나누었지만 홈즈는 끝까지 입을 열지 않았다.

9월의 어느 저녁, 아직 7시도 되지 않았지만 아침부터 계속 날이 흐린 탓에 이 대도시는 눅눅한 안개에 휩싸여 있었다. 온통 질퍽거리는 도시 풍경 위에 흙빛 구름이 낮고 쓸쓸하게 드리워져 있었다. 스트랜드 가의 가로등은 안개 속에서 얼룩처럼 뿌옇게 번진 채 진흙투성이 포장도로 위로 힘없이 빛을 던져 거리 일부를 둥그렇게 비추었다. 늘어선 가게 창문에서는 눈부신 노란 불빛이 흘러나와 안개로 흐릿한 거리를 오가는 수많은 사람들에게 희미한 빛을 보태 주었다. 슬픔에 잠긴 얼굴, 기쁨이 넘치는 얼굴, 여윈 얼굴, 즐거워 보이는 얼굴…… 가느다란 불빛을 차례대로 가로지르는 끝없는 얼굴의 행렬이 유령같이 괴기스럽게 다가왔다. 그것이 사람의 일생처럼 암흑에서 빛으로 나왔다가 다시 암흑으로 들어갔다. 원래 나는 그리 예민한 사람은 아니지만, 이렇게 답답하고 음울한 밤에 아주 기묘한 일을 해야 한다는 사실 때문에 기분이 완전히 가라앉았다. 모스턴 양의 태도를 보니 나와 같은 기분을 느끼는 모양이었다. 오직 한 사람, 홈즈만이 그런 사소한 영향력에는 사로잡히지 않는다는 듯한 표정을 지었다. 그는 무릎 위에 수첩을 펼쳐 놓고 손전등을 비춰 가며 때때로 숫자들을 메모했다.

라이시엄 극장에 도착하니, 양쪽 출입구는 사람들로 발딛을 틈도 없었다. 극장 입구 앞에는 이륜마차와 사륜마차가 끊임없이 덜컹대며 달려와 예복을 입은 남자와 숄을 두르고 다이아몬드로 치장한 여자들을 내려놓았다. 약속 장소인 세 번째 기둥에 닿기도 전에 피부가 거뭇하고 키가 작은 마부 차림의 사내가 말을 걸었다.

"모스턴 양과 함께 오신 분들입니까?"

"제가 모스턴입니다. 이 두 분은 제 친구들입니다."

모스턴 양이 말하자 사내는 놀라울 만큼 속을 꿰뚫는 눈빛으로 우리를 의심스럽게 쏘아봤다.

"아가씨, 죄송하지만 전 함께 오신 분들이 경찰이 아니라는 점을 명확히 해 두라는 지시를 받았습니다."

사내는 아주 고집스러운 태도로 말했다.

"그건 제가 보장할 수 있습니다."

모스턴 양이 대답했다.

사내가 휙 하고 휘파람을 불자 부랑아 하나가 사륜마차를 끌고 와서 문을 열었다. 사내는 마부석에 오르고 우리는 뒷자리에 올라탔다. 우리가 자리에 채 앉기도 전에 마부가 말을 채찍질했고, 마차는 무시무시한 기세로 안개 낀 거리를 달려 나갔다.

생각할수록 상황이 묘했다. 우리는 무엇 때문에, 어디로 가는 것인지도 모르고 흔들리는 마차에 타고 있었다. 우리가 완전히 놀림을 당하는 것일 수도 있었지만 그럴 가능성은 거의 없었다. 우리가 향하는 곳에 중대한 일이 기다리고 있음이 분명했다. 모스턴의 얼굴에는 여전히 결의에 찬 빛이 감돌았고 침착함도 그대로였다. 나는 아프가니스탄에서 겪은 모험담을 들려줘서 그녀를 기쁘게 하고 싶었다. 하지만 당시 벌어지고 있는 상황 때문에 내 가슴은 두근거렸고, 우리가 어디로 향하고 있는지 신경이 쓰인 나머지 이야기에 집중할 수가 없었다. 그때 나는 보병의 총이 텐트 안으로 불쑥 들어온 것을 보고 주저 없이 두 방 먹여 주었다는 말도 안되는 이야기를 한 모양이다. 그녀는 나중에 감동적인 이야기였다고 말하면서 나를 위로해 주었다.

처음에는 나도 마차가 어디를 지나는지 알 수 있었지만, 원래 런던 지리에 어두웠고 마차가 달리는 속도와 안개 때문에 방향 감각을 잃어버렸다. 아주 멀리 가고 있다는 사실 말고는 아무것도 알 수 없었다. 하지만 셜록 홈즈는 마차가 광장을 지나가거나 구불구불한 골목길을 빠져나올 때마다 지체 없이 지명을 말해 주었다.

"로체스터 가. 여기는 빈센트 광장. 그 다음엔 복스홀 다리 가까이 가고 있군. 서리 주로 향하는 것 같아. 그래, 지금 다리를 건너고 있어. 창밖으로 반짝반짝 빛나는 강물이 보이는군."

홈즈의 말대로 유유히 흐르는 템스 강이 보였다. 넓고 조용한 수면이 배의 등불을 받아 반짝반짝 빛나고 있었다. 하지만 마차는 쉬지 않고 달려서 곧 건너편의 미로 같은 거리 속으로 숨어들었다.

"워즈워스 가로군. 프라이어리 가, 라크홀 거리, 스톡웰 광장, 로버트 가, 콜드하버 거리. 상류층 거주 지역으로 가는 것 같지는 않아."

홈즈의 말대로 마차는 미심쩍고 으스스한 지역을 지나갔다. 길 양쪽에 우중충한 벽돌집이 길게 늘어서 있었고 골목마다 자리 잡은 술집들은 현란할 정도로 천박한 빛을 발했다. 얼마 지나지 않아서 마차는 집 앞에 작은 정원이 있는 이층집이 늘어선 곳으로 접어들었다. 그곳을 지나자 이번에는 벽돌색이 아직도 선명한 새 건물이 끝없이 이어진 곳으로 들어섰다. 마치 이 거대한 도시가 시골 쪽으로 내뻗은 촉수를 보는 느낌이었다. 마차는 언덕 위에 새로 만들어진 주택가의 끝에서 세 번째 집 앞에 겨우 멈춰 섰다. 주변의 다른 집들은 전부 비어 있었고, 마차가 멈춰 선 그 집도 부엌 창에서만 희미한 불빛이 흘러나올 뿐, 이웃집과 마찬가지로 어두웠다. 그러나 노크를 하자 기다렸다는 듯이 바로 문이 열리더니 머리에 노란 터번을 두르고 펑퍼짐한 흰 옷에 노란 허리띠를 맨 인도인 하인이 나타났다. 이런 별 볼 일 없는 교외 삼류 주택 현관문 앞에 동양인 하인이 있으니 어딘지 수상쩍고 집과도 어울리지 않는 분위기였다.

"주인님께서 기다리고 계십니다."

하인이 말을 끝내기도 전에 집 안에서 째지듯 날카로운 외침이 들려왔다.

"안으로 모시게, 키트머트가. 어서 안으로 모시란 말일세."

4. 대머리 남자의 이야기

우리는 인도인의 뒤를 따라 어두컴컴하고 아무것도 없는 평범하고 지저분한 복도로 들어섰다. 오른쪽에 있는 방문 앞에 이르자 하인이 문을 활짝 열었다. 흘러나오는 노란 불빛 속에 작은 남자가 서 있었다. 그의 머리는 굉장히 길쭉하게 솟아 있었는데, 그 주변을 빙 둘러 붉은 머리카락이 나 있었다. 그 사이로 대머리가 번쩍번쩍 빛이 났다. 마치 전나무 숲 위로 산꼭대기가 봉긋 솟아오른 것처럼 보였다. 그는 두 손을 비벼대며 서 있었고, 얼굴은 경련이 끊임없이 일어나는지 꿈틀거렸다. 방금 웃었던가 싶으면 곧 얼굴을 찡그리는 등, 한순간도 얼굴을 가만히 두지 못했다. 선천적인 언청이였는데, 입술 사이로 누렇고 삐뚤삐뚤한 치아가 훤히 들여다보였다. 그것을 가리려고 그는 계속해서 입가로 손을 가져갔다. 비록 머리는 벗겨졌지만 아직도 젊어 보이는 남자였다. 실제로 이제 겨우 서른이 된 젊은이였다.

"어서 오십시오, 모스턴 양. 두 친구분도 어서 오십시오. 자, 제 작은 방으로 들어오세요. 좁아서 좀 답답하지만 이게 바로 제 방입니다. 제 취향에 맞춰서 방을 꾸몄습니다. 황량한 사막 같은 런던 남부, 그 속에 있는 예술의 오아시스라 할 수 있지요."

우리는 방으로 들어서자 모두 놀라움에 눈을 휘둥그렇게 떴다. 구리 반지에 가장 고급스러운 다이아몬드를 박아 놓은 듯, 그 방은 이 초라한 집과 어울리는 구석이 하나도 없었다. 화려하고 호화찬란한 커튼과 태피스트리⁵⁾가 벽을 둘러싸고 있었으며, 여기저기 걷어 올린 틈으로 화려한 액자에 넣어 둔 그림과 동양의 꽃병이 보였다. 노란색 바탕에 검은 무늬가 들어간 카펫은 두툼하고 푹신해서 이끼를 밟듯이 발이 빠져들어 기분이 좋았다. 비스듬하게 깔아 놓은 커다란 호랑이 가죽 두 장은 한쪽 구석에 세워 둔 거대한 물담배 파이프와 함께 호사스러운 동양의 분위기를 더해 주었다. 방 한가운데에는 비둘기 모양의 은 향로가 거의 눈에 보이지 않을 정도로 얇은 금실에 묶여 매달려 있었다. 불이 타오르는 향로에서 말로 설명할 수 없을 만큼 좋은 향기가 흘러나와 방 안을 가득 채웠다. 키 작은 남자가 여전히 꿈틀대는 얼굴에 미소를 지으며 말했다.

"전 새디어스 숄토입니다. 당신은 물론 모스턴 양이시겠죠? 그럼 여기 두 신사분은?"

"이쪽은 셜록 홈즈 선생님이고, 이쪽은 의사이신 왓슨 박사님입니다."

숄토가 갑자기 반가운 듯이 큰소리로 외쳤다.

"의사 선생님이시라고요? 청진기를 가지고 계십니까? 괜찮으시다면 잠깐 진찰을 받을 수 있을까요? 승모판에 이상이 있는 것 같아 자꾸 신경이 쓰여서 말입니다. 대동맥판에 문제가 없다면 상관 없겠지만 그래

---

5) tapestry. 다채로운 염색실로 그림을 짜넣은 직물로, 벽걸이·가리개·실내 장식품 등에 이용된다.

도 승모판을 봐 주시면 감사하겠습니다."

그가 요청하는 대로 나는 심장에 청진기를 대고 소리를 들어보았지만 별다른 이상은 없었다. 단지 그는 커다란 두려움을 느끼는지 머리에서 발끝까지 온몸을 부들부들 떨고 있었다.

"정상인 듯합니다. 걱정하실 필요가 없어요."

내가 말했다.

"쓸데없는 걱정을 보여서 죄송합니다, 모스턴 양."

숄토는 대수롭지 않다는 듯이 말했다.

"아주 걱정했습니다. 오래전부터 승모판 상태가 나쁘다는 느낌이 들었거든요. 하지만 걱정할 필요 없다는 말을 들으니 마음이 놓입니다. 모스턴 양, 아가씨의 부친도 심장에 지나친 부담을 주지 않으셨으면 아직 건강하게 살아 계셨을지도 모릅니다."

나는 그 민감한 문제를 태연하게 언급하는 사내에게 격렬한 분노를 느꼈다. 할 수만 있다면 그의 뺨을 힘껏 갈겨 주고 싶을 정도였다. 모스턴 양은 입술까지 하얗게 질려서 그 자리에 주저앉더니 입을 열었다.

"아버지가 이미 돌아가셨을 거라고 생각은 했습니다."

"제가 자세한 사정을 알고 있으니 전부 말씀드리겠습니다. 거기에 더해서 저는 당신이 정당한 보상을 받도록 도와드릴 수도 있습니다. 바솔로뮤 형이 뭐라 하든 상관없습니다. 아가씨가 친구분들을 데려오셔서 참 기쁩니다. 이분들은 당신의 보호자가 되실 수 있을 뿐만 아니라 지금부터 제가 하는 말과 행동에 대한 증인이 되어 주실 수도 있으니까요. 우리 셋이 힘을 합친다면 바솔로뮤 형과 당당하게 맞설 수 있습니다. 하지만 경찰이나 공무원처럼 관련 없는 사람들이 끼어들어서는 안 됩니다. 그들이 간섭하지 않아도 우리 힘만으로 모든 문제를 잘 해결할 수 있으니까요. 게다가 바솔로뮤 형도 이 일이 세상에 알려지는 걸 가장 싫어합니다."

이렇게 말한 숄토는 낮고 긴 의자에 앉더니 힘없고 물기에 젖은 파란 눈을 깜빡이며 낯빛을 살피듯 우리를 쳐다봤다.

"무슨 말씀을 하실지 모르겠지만 얼른 말씀해 주셨으면 합니다."

홈즈가 말했다.

나도 고개를 끄덕여 그의 말에 동의를 나타냈다.

"정말로 맞는 말씀입니다! 모스턴 양, 이탈리아산 키안티 포도주 한잔 하시겠습니까? 아니면 헝가리산 토케이 포도주로 드릴까요? 죄송하지만 포도주는 그것밖에 없습니다. 한 병 따 드릴까요? 안 드시겠다고요? 그럼 실례지만 담배 좀 피우겠습니다. 담배 연기를 조금 맡으셔도 괜찮겠지요? 향기 좋은 동양 담배니까요. 제가 좀 흥분한 것 같은데 이럴 때 물담배를 피우면 마음이 가라앉습니다."

숄토는 이렇게 말하고 커다란 담배통에 촛불을 대 불을 붙였다. 장미수가 부글부글 끓어오르자 연기를 맛있게 들이마셨다. 우리는 턱을 괸 채 몸을 앞으로 내민 자세로 앉아 이 작은 남자를 반원형으로 둘러싸고 있었다. 우리 한가운데에 앉은 사내는 벗겨진 머리를 번쩍이며 침착하지 못하게 담배를 빨아 댔다. 드디어 그가 이야기를 시작했다.

"처음 연락드렸을 때부터 제 주소를 알렸으면 좋았겠지요. 하지만 제 부탁을 무시하고 불청객들을 데리고 오실까 봐 걱정이 되었습니다. 그래서 실례인 줄 알면서도 하인인 윌리엄스를 먼저 보냈던 겁니다. 저는 윌리엄스의 신중한 성격을 굳게 믿고 있으니까요. 윌리엄스에게 우선 여러분들과 말을 나눠 보고 일이 잘못될 것 같으면 더 이상 진행시키지 말라고 명령했습니다. 까다롭게 군 점을 용서해 주십시오.

군이 말씀드리자면, 저는 사람과의 교제를 싫어하는 성격입니다. 지금은 제 취향에 맞게 우아하게 생활하고 있는데 이 세상에서 경찰만큼 불쾌한 사람들도 없지요. 사실 이익만을 중시하는 거친 사고방식은 날 때부터 싫어합니다. 그래서 거친 사람들이 많은 세상에는 될 수 있으면 나가지 않으려고 하지요.

여러분이 보시는 대로 조금은 우아한 분위기에서 살고 있습니다. 저를 예술의 후원자라고 할 수 있을지도 모릅니다. 저 풍경화는 코로가 그린 겁니다. 그리고 그림에 대해서는 몇몇 전문 감정가들이 가끔 의심을 하지만 저 그림은 살바토르 로사의 그림이고, 저쪽에 있는 부그로의 작품은 틀림없는 진품입니다. 저는 근대 프랑스 화가의 그림을 아주 좋아합니다."

"숄토 씨, 죄송하지만 저희는 해 주실 말씀이 있다고 하셔서 여기에 왔습니다. 이제 밤도 꽤 깊었으니 가능한 한 간단하게 말씀해 주세요."

모스턴 양이 사내의 말을 끊고 입을 열었다. 숄토가 대답했다.

"제 이야기는 곧 끝날 겁니다. 왜냐하면 지금부터 함께 노우드로 가서 바솔로뮤 형을 만나야만 하거든요. 다 같이 가서 바솔로뮤 형을 설득해 봅시다. 저는 당연히 그렇게 해야 한다고 생각했는데 형은 그것 때문에 무척 화를 내고 있습니다. 어젯밤에도 형과 그 문제로 크게 말싸움을 했지요. 형이 한번 화를 내면 얼마나 무시무시한지 상상도 못하실 겁니다."

"노우드에 가야 한다면 지금 당장 출발해야 하지 않을까요?"

내가 대담하게 말하자 숄토는 귀밑까지 벌게질 만큼 한참을 웃었다. 그러고는 조금 들뜬 목소리로 말했다.

"그렇게 하면 일이 잘 풀리지 않을 겁니다. 제가 갑자기 여러분을 데리고 가면 형이 무슨 말을 할지 알 수가 없으니까요. 아, 그렇지. 우리가

지금 어떤 상황에 있는지 미리 설명해 드릴 필요가 있겠군요. 하지만 먼저, 그 이야기에는 저조차 모르는 점이 몇 가지 있다는 사실을 말씀드려야겠습니다. 저는 그저 제가 아는 범위 안에서만 진실을 말씀드릴 수 있을 뿐입니다.

여러분께서도 짐작하고 계시겠지만 우리 아버지는 원래 인도의 군대에서 복무하신 존 숄토 소령입니다. 부친께서는 11년쯤 전에 군대 생활을 마치고 어퍼 노우드에 있는 폰디체리 저택에서 생활하셨습니다. 아버지는 인도에서 이런 저런 높은 지위에 있었기 때문에 상당한 부를 쌓을 수 있었습니다. 그래서 값비싼 골동품을 수없이 사들였고, 현지에서 함께 생활하던 하인도 몇 명 데리고 귀국하셨습니다. 아버지는 그 돈으로 바로 집을 장만해서 아주 호화롭게 생활하셨지요. 자식이라고는 쌍둥이 형인 바솔로뮤와 저 둘뿐입니다.

모스턴 대위가 실종되었을 때 무슨 일이 일어났는지 저도 잘 기억하고 있습니다. 자세한 내용은 신문에서 읽었고, 그분이 아버지의 친구였다는 사실도 알고 있었죠. 그래서 우리 형제는 아버지 앞에서도 자주 사건에 대한 이야기를 나누었습니다. 아버지도 우리 형제가 그 이야기를 할 때면 일어날 수 있는 여러 가지 경우에 대해서 곧잘 말씀하셨습니다. 그렇기 때문에 저나 형이나 아버지가 모든 비밀을 자기 가슴 속에 숨기고 있었고, 아버지 한 사람만이 아서 모스턴 씨의 죽음에 관한 진실을 알고 있었으리라고는 꿈에도 생각지 못했습니다.

하지만 우리는 비밀스럽고 아주 위험한 문제가 아버지의 신변을 위협하고 있다는 사실만은 알 수 있었습니다. 아버지는 혼자 외출하기를 아주 두려워하셨고, 폰디체리 저택의 문지기로 프로 권투 선수 두 명을 고용했습니다. 아까 여러분을 마차로 모시고 온 윌리엄스도 그들 중 한 명입니다. 그는 예전에 라이트급 영국 챔피언이었지요.

아버지는 자신이 무엇을 두려워하는지 말씀해 주시지 않았습니다. 다만 나무로 만든 의족을 한 사내들을 아주 싫어하셨던 것만은 분명합니다. 의족을 한 사내에게 실제로 권총을 쏜 적도 있었는데, 알고 보니 그는 아무런 악의도 없이 그저 물건을 팔러 온 평범한 상인에 불과했습니다. 사건을 조용히 마무리 짓기 위해서 엄청난 돈을 쏟아 부었지요. 형과 저는 아버지가 괜히 착각하시는 바람에 그 소동이 벌어졌다고 생각했습니다. 하지만 그 이후로도 여러 가지 일들이 일어나자 우리는 생각을 바꿔야 했지요.

1882년 초에 아버지는 인도에서 온 편지 한 통을 받고 큰 충격에 빠졌습니다. 아침 식사를 할 때 그 편지를 보셨는데, 아버지는 기절할 정도로 놀라 그날부터 앓아누우시더니 그대로 돌아가셨습니다. 결국 편지

내용은 알 수 없었지만, 아버지가 읽으실 때 옆에서 언뜻 보기는 했습니다. 필기체로 쓰인 짧은 편지였습니다. 몇 년 전부터 아버지는 비장 비대증에 시달리고 있었는데 갑자기 악화되어 4월 말에는 더 이상 가망이 없다는 이야기를 들었습니다. 그러자 아버지는 유언을 남기겠다며 우리 형제를 불렀습니다.

우리가 아버지의 방에 들어가 보니, 아버지는 자리에서 일어나 베개에 몸을 기댄 채 숨을 헐떡이고 있었습니다. 아버지는 문을 잠그게 하고 우리를 침대 맡으로 불렀습니다. 그리고 우리 손을 잡고 고통과 흥분된 마음 때문에 숨을 헐떡이며 전혀 생각지도 못했던 사실을 간신히 털어놓으셨습니다. 그때 아버지의 말씀을 그대로 옮겨 드리죠.

'난 이제 죽어도 한이 없지만 딱 한 가지 마음에 걸리는 일이 있다.'

아버지는 이렇게 말씀을 시작했습니다.

'그건 죽은 모스턴 대위의 가엾은 딸에 대한 일이다. 나는 저주받아 마땅한 탐욕이라는 망령에 평생을 휩쓸려 버렸다. 적어도 절반은 그 딸이 받았어야 할 보물을 아직도 건네주지 않고 움켜쥐고 있으니 말이다. 그 아이의 몫에 손을 대지도 않으면서 그대로 가지고 있으니 탐욕이란 참으로 알 수가 없구나. 그것을 내가 가지고 있다는 사실만으로도 너무 좋아서 다른 이에게 줄 생각을 하지 못했다. 키니네 병 옆에 있는 진주 목걸이가 보이느냐? 저것도 원래 그 아이에게 주려고 내놓았던 것이다. 그래도 그걸 남에게 주고 싶은 마음이 싹 사라지지 뭐냐. 너희들은 그 아이에게 아그라[6]의 보물을 정당한 몫만큼 건네주어야 한다. 하지만 내 숨이 붙어 있는 동안에는 아무것도 보내지 마라. 저 목걸이도 주면 안

---

6) Agra. 인도 중부 뉴델리 남쪽에 있는 도시. 옛날 무굴 제국의 수도였으며, 타지마할을 비롯해 인도·이슬람 양식의 건축물이 다수 남아 있다.

돼. 세상에는 나만큼 건강이 나빠졌다가도 다시 살아난 사람들이 얼마든지 있으니까.'

아버지는 계속 말씀하셨습니다.

'모스턴이 어떻게 죽었는지 말해 두어야겠구나. 그 사람은 오래 전부터 심장이 좋지 않았는데 주변 사람들한테는 그 사실을 비밀로 했지. 나만 알고 있었다. 인도에 있었을 때, 그와 나는 우연하고 묘한 여러 가지 일이 겹친 덕분에 상당히 많은 보물을 손에 넣었단다. 내가 먼저 그 보물을 가지고 영국으로 돌아왔는데, 모스턴은 휴가를 얻어 런던에 도착하자마자 그날 밤에 나를 찾아와서 자기 몫을 달라고 했지.

그는 역에서부터 여기까지 걸어와서 지금은 벌써 죽고 없는 충직한 랄 초우다 할아범의 안내를 받으면서 내 앞에 나타났다. 모스턴과 나는 보물을 나누는 문제로 의견이 엇갈려 심하게 말다툼을 했다. 모스턴은 화를 이기지 못하고 의자에서 벌떡 일어섰지. 그런데 갑자기 그의 얼굴이 흙빛으로 변하더니 한 손으로 옆구리를 움켜쥐고 뒤로 쓰러지면서 보물 상자의 모서리에 머리를 부딪치고 말았다. 나는 놀라 몸을 굽혀 그를 보았는데 끔찍하게도 이미 숨을 거둔 뒤였다.

어떻게 해야 할지 몰라 나는 한동안 멍하니 앉아 있었다. 처음에는 물론 도움을 청해야겠다고 생각했지. 하지만 상황을 보니 내가 살인자라는 누명을 쓸 게 뻔했어. 하필 나와 말다툼을 하다가 머리를 부딪쳐 죽었으니 당연히 내가 의심을 받겠지. 그리고 경찰 조사를 받으면 내가 그토록 숨기고 싶어 하던 보물 이야기를 해야 했다. 모스턴은 자기가 가는 곳을 아무에게도 말하지 않고 왔다고 했으니, 굳이 내가 경찰을 불러서 그 사실을 알릴 필요는 없다고 생각했지.

한참 이런저런 생각에 잠겨 있다가 문득 눈을 들어 보니 문에 랄 초우다가 서 있더구나. 초우다는 조용히 방 안으로 들어와서 손을 뒤로하고 문을 잠그더니 이렇게 말했다.

'나리, 걱정하지 마십시오. 나리가 사람을 죽인 사실은 아무도 모릅니다. 시체를 감춰 버리면 어느 누가 알겠습니까?'

그래서 내가 죽인 게 아니라고 했지만 초우다는 '저는 다 들었습니다. 두 분께서 다투는 소리도, 때리는 소리도요. 하지만 저는 아무에게도 말하지 않겠습니다. 다른 사람들은 모두 잠들었습니다. 우리 둘이 얼른 시체를 치워야 합니다.'라고 하더구나.

그 말을 듣고 나는 마음을 정했지. 하인조차도 날 믿어 주지 않는데 멍청한 배심원 열두 명에게 어떻게 내 결백을 알리겠느냐? 그날 밤에 랄 초우다와 나는 시체를 치웠다. 채 사흘도 지나지 않아서 런던의 모든 신문들은 모스턴 대위의 실종에 관한 기사로 떠들썩했지.

자, 이제 너희들도 아비인 내게 거의 죄가 없다는 사실을 알았겠지? 내게 잘못이 있다면 그건 시체뿐만 아니라 보물까지 숨겨 버렸고, 내 몫은 물론이고 모스턴 대위의 몫까지 움켜쥐고 놓지 않았다는 점이다. 그래서 나는 너희들이 모스턴의 몫을 돌려주기를 바라는 게다. 귀를 좀 더 가까이 대 보거라. 보물을 숨겨 놓은 곳은……'

여기까지 말했을 때 갑자기 아버지의 표정이 끔찍하게 변했습니다. 입을 쩍 벌리고 눈을 둥그렇게 뜨면서 아버지가 외쳤습니다.

'저 녀석을 내쫓아! 제발, 저 녀석을 내쫓아라!'

그 목소리는 아직도 잊을 수가 없습니다.

우리는 동시에 돌아서서 아버지가 바라보는 창으로 시선을 돌렸습니다. 그러자 어둠 속에서 얼굴 하나가 우리 쪽을 가만히 들여다보고 있었습니다. 코가 유리창에 닿아서 그 부분만 하얗게 변한 것까지 보였습니다. 덥수룩한 수염이 얼굴 전체를 뒤덮었고 눈빛은 잔인했습니다. 표정도 악의에 차 있었죠. 형과 저는 창문 쪽으로 달려갔지만 그 사내는 이미 사라진 뒤였습니다. 침대로 돌아와 보니 아버지는 고개를 늘어뜨린 채 이미 숨을 거둔 상태였습니다. 우리는 곧바로 정원을 샅샅이 뒤졌지만 침입자가 숨어 있는 흔적은 전혀 보이지 않았습니다. 창 바로 아래에 있는 화단에 발자국 하나가 찍혀 있는 걸 찾았을 뿐이죠. 그것마저 없었다면, 우리가 본 악의가 넘실거리던 그 무시무시한 얼굴은 망상이 빚어낸 환영이라고 생각했을 겁니다.

하지만 곧 우리는 더욱 놀라운 증거를 새로 손에 넣었습니다. 염탐꾼 같은 녀석들에게 감시당하고 있었던 겁니다. 다음 날 아침에 아버지 방에 가 보니, 창문은 열려 있고 벽장과 상자를 뒤진 흔적도 있는 데다 아버지의 가슴에는 필기체로 '네 개의 서명'이라고 쓴 쪽지가 꽂혀 있었습니다.

'네 개의 서명'이 무엇을 뜻하는지, 아무도 모르게 그 방에 몰래 들어온 게 누구였는지는 끝내 알 길이 없었습니다. 방 안을 살펴봤는데 아버지의 물건을 샅샅이 뒤진 흔적은 있어도 실제로 없어진 물건은 전혀 없었습니다. 저와 형은 생전에 아버지가 그렇게도 두려워했던 것이 이런 일이었다는 사실을 자연스럽게 깨달았죠. 하지만 그런 일이 일어난 이유만큼은 아직까지도 완전히 수수께끼입니다."

숄토는 여기까지 말하더니 잠시 이야기를 끊고 물담배에 다시 불을 붙여 피우면서 한동안 생각에 빠져들었다. 우리 셋은 모두 이 이상한 이야기를 넋 놓고 듣고 있었다.

모스턴 양은 아버지가 돌아가신 상황을 간단하게 듣고 얼굴이 파랗게 질렸다. 한순간 그녀가 쓰러지지 않을까 걱정이 될 정도였다. 내가 옆 테이블 위에 있던 베니스풍 주전자에 담긴 물을 컵에 따라 모스턴 양에게 주자 그녀는 그 물을 마시고 곧 기운을 차렸다.

셜록 홈즈는 완전히 마음을 빼앗긴 표정으로 의자 등받이에 기대고 앉아 가늘게 뜬 눈을 반짝였다. 언뜻 그를 보니, 인생이 따분하다며 푸념을 늘어놓던 아까의 모습이 떠올랐다. 하지만 지금은 철저하게 지혜를 짜내야 할 문제가 적어도 하나는 생긴 셈이었다.

새디어스 숄토는 그럴 줄 알았다는 표정으로, 이야기에 빠져 있던 우리 얼굴을 하나하나 들여다보았다. 그러고는 너무 커서 멋이라고는 전혀 없는 파이프를 뻑뻑 빨아 대며 다시 이야기를 계속했다.

"이미 짐작하셨겠지만 형과 저는 아버지에게서 보물 이야기를 듣고 완전히 흥분하고 말았습니다. 그때부터 몇 주, 아니 몇 달 동안 보물의 위치도 모르면서 정원을 온통 파헤쳐 봤지만 끝내 찾지 못했습니다. 아버지가 보물을 숨긴 장소를 말하려 하던 순간에 돌아가셨다는 사실을 떠올리면 머리가 돌아 버릴 지경이었습니다. 그때 아버지가 꺼내 온 진주 목걸이를 보건대 어디에 감춰졌는지 모를 그 보물들도 분명히 굉장할 겁니다. 그 목걸이 때문에 바솔로뮤 형과 저는 말다툼을 했지요. 매우 값비싼 진주가 틀림없었기에 형은 그것을 다른 사람에게 주려고 하질 않았습니다. 솔직히 말해서 형은 아버지를 닮아 욕심이 많은 편입니다. 그래서 형도 이 목걸이를 다른 사람에게 건네주면 금방 소문이 퍼져서 귀찮은 일이 일어날지도 모른다고 생각했던 겁니다. 저로서는 모스턴 양의 주소를 알아낸 다음, 숙녀께서 최소한 궁핍함을 면할 수 있도록 목걸이에서 진주를 떼어 내 하나씩 일정한 간격을 두고 보내면 괜한 말썽은 일어나지 않을 것이라고 설득할 수밖에 없었습니다."

"여러 가지로 신경 써 주셔서 정말 감사합니다."

모스턴 양이 진지한 표정으로 말하자 사내가 손을 저었다.

"우리는 당신의 재산을 보관하고 있었을 뿐입니다. 적어도 저는 그렇게 생각하고 있었습니다. 하지만 바솔로뮤 형은 그렇게 생각하지 않았던 거죠. 사실 우리에게 돈은 충분합니다. 저는 돈이 더 필요하다고는 생각하지 않았습니다. 게다가 젊은 여성을 그런 식으로 괴롭혔다니 기분이 좋지도 않았고요. 프랑스인들이 '나쁜 성향은 죄의 근본'이라고들 하는데 그 말은 이런 경우를 가리키는 것일 테지요. 이 문제에 관해서 우리 의견이 너무나도 달랐기 때문에 제 나름대로 문제를 풀어 나가는 게 가장 좋겠다고 판단했습니다. 그래서 저는 나이 든 인도인 하인 키트머트가와 윌리엄스를 데리고 폰디체리 저택에서 나와 버렸습니다. 그런데 어제 매우 큰일이 일어났다는 사실을 알게 되었지요. 네, 보물이 발견되었습니다. 그래서 바로 모스턴 양에게 편지를 보냈습니다. 이제 노우드로 가서 정당한 몫을 요구하는 일만 남았습니다. 바솔로뮤 형에게는 어젯밤에 제 생각을 설명해 두었으니 우리를 반겨 주지는 않아도 기다리고는 있을 겁니다."

이야기를 마친 새디어스 숄토는 화려한 의자에 앉은 채 얼굴을 꿈틀거렸다. 우리는 한동안 입을 다물고 생각에 잠겼다. 의문투성이였던 사건이 새로운 국면으로 접어든 것이다. 우리의 머릿속은 온통 그 생각으로 가득했다.

홈즈가 먼저 자리에서 일어나며 말했다.

"숄토 씨, 모든 일을 아주 잘 처리했습니다. 그에 대한 보답으로 당신이 아직 알지 못하는 진실을 밝혀내서 조금은 빛을 비출 수 있을 것 같군요. 하지만 지금은, 방금 전에 모스턴 양이 말했듯이 밤이 꽤 깊었으니 얼른 출발해서 일을 마무리 짓는 편이 나을 겁니다."

숄토는 물담배 파이프의 관을 조심스럽게 천천히 감았다. 그러더니 커튼 뒤에서 아주 길고 화려한 외투를 꺼냈다. 목깃과 소맷부리에 아스트라한 모피[7]를 대고 가슴을 끈으로 장식한 외투였다. 한시가 급한데도 단추를 전부 채우고 귀 덮개가 달린 토끼 가죽 모자까지 눌러 썼다. 이제 그의 몸에서 눈에 띄는 것은 꿈틀꿈틀 움직이는 여윈 얼굴뿐이었다.

"몸이 약해서 언제나 병을 걱정해야 합니다."

그는 앞장서서 복도를 걸어가며 변명하듯 말했다.

밖으로 나오니 마차가 기다리고 있었다. 미리 떠날 채비를 하고 있었는지 마부는 행선지도 듣지 않고 곧장 말에 채찍질을 해서 마차를 움직였다. 새디어스 숄토는 마차가 덜컹대는 시끄러운 소리에도 지지 않을 만큼 커다란 목소리로 끊임없이 말을 해 댔다.

"바솔로뮤 형은 영리한 사람입니다. 형이 어떻게 보물이 있는 곳을 알아냈다고 생각하십니까? 우선 형은 보물이 반드시 집 안에 있을 것이라고 결론지었습니다. 그래서 집에 숨겨진 공간은 없는지 알아내려고 모든 곳의 길이를 한 치의 오차도 없이 재 보았지요. 1미터라도 틈이 있는지 알아보려고요. 제일 먼저 건물의 높이가 22미터라는 사실을 알게 되었습니다. 그런데 각 층에 있는 방들의 높이, 그리고 바닥과 천장에 구멍을 뚫어서 측정한 층과 층 사이의 두께를 더해도 총합이 21미터를 넘지 않았습니다. 두 값 사이에 생긴 1미터의 차이. 이건 건물 꼭대기에 그만큼 공간이 있다는 것 말고는 달리 설명할 길이 없었습니다.

그래서 형은 제일 위층에 있는 방의 평고대와 회반죽으로 지은 천장에 구멍을 뚫어 보았습니다. 아니나 다를까 천장 위에는 조그만 다락방

---

7) 중앙아시아산 카라쿨 양털로 만든 모피. 오늘날 러시아 서남부 볼가 강 어귀에 있는 아스트라한이라는 도시 상인들이 이 모피를 러시아에 소개했기 때문에 이러한 이름이 붙었다.

이 하나 있었습니다. 그곳은 완전히 밀봉되어 있어서 아무도 그 존재를 몰랐던 거죠. 다락방 가운데에 들보 두 개가 있었는데 그 위에 보물 상자가 올려져 있었습니다. 형이 구멍을 통해서 상자를 꺼냈고 지금은 방에 놓아두었습니다. 형이 말하길, 보물의 가치는 적어도 50만 파운드 이상이라고 합니다."

우리는 그 엄청난 금액을 듣고 눈을 둥그렇게 뜬 채 서로의 얼굴을 바라보았다. 우리가 그녀의 권리를 확보해 주기만 한다면 모스턴 양은 가난한 가정교사에서 단번에 영국 최고의 부자라는 신분으로 뛰어오를 것이다. 진정한 친구라면 이런 사실을 알게 되었을 때 진심으로 기뻐해야 한다. 좀 부끄러운 말이기는 하지만, 너무나 이기적인 나는 마음이 납덩이처럼 무거워졌다. 나는 우물쭈물 축하의 말을 몇 마디 건네고 나서 고개를 숙이고 시선을 내리 깐 채 앉아 있었다. 숄토가 지껄이는 이야기조차 귀에 들어오지 않았다.

숄토는 의심할 여지없는 만성 건강 염려증 환자였다. 그는 여러 가지 병들의 징후에 대해서 끝도 없이 이야기해 댔다. 그리고 엉터리 만병통치약들의 이름을 줄줄이 대면서 그 성분과 효과를 알려 달라고 졸랐다. 몇 개는 가죽 케이스에 담아 주머니 속에 넣고 다닌다고 했다.

나는 계속해서 꿈꾸는 듯한 멍한 기분에 잠겨 있었으므로, 그가 그날 밤에 한 내 대답은 전부 잊기를 바랄 따름이다. 내가 피마자기름[8]을 두 방울 이상 복용하는 것은 매우 위험하다고 말했고, 진정제로는 중추신경 흥분제인 스트리크닌[9]을 많이 먹도록 권했다며 홈즈는 아직도 나를 놀려 댄다. 어쨌든 마차가 크게 한 번 흔들리더니 멈춰 섰다. 마부가 자

---

8) 피마자의 종자를 압착하여 얻은 지방유로, 식용으로는 부적당하지만 설사약·윤활유 등으로 이용된다.
9) strychnine. 마전馬錢의 씨에 함유되어 있는 알칼로이드로, 독성이 매우 강하다.

리에서 뛰어내려 문을 열어 주었을 때 나는 우여곡절 끝에 이제 구원받
았다고 생각하고 안도의 한숨을 내쉬었다.

"모스턴 양, 여기가 폰디체리 저택입니다."

새디어스 숄토가 손을 내밀어 그녀가 내리는 것을 도와주며 말했다.

5. 폰디체리 저택에서의 참극

우리는 11시가 가까워진 시각에 그날 밤 모험이 벌어진 마지막 무대에 도착했다. 눅눅한 안개가 가득한 도회지에서 벗어나자 공기도 맑았고 밤하늘도 아름다웠다. 서쪽에서 따뜻한 바람이 산들산들 불어와 하늘에 깔린 두꺼운 구름을 천천히 걷어내고 있었는데 그 사이로 달이 반쯤 얼굴을 내밀었다. 그래서 모든 것이 아주 잘 보였는데도 새디어스 숄토는 마차 옆에 있던 램프를 꺼내 우리 발밑을 비춰 주었다.

폰디체리 저택은 훌륭한 정원이 딸려 있었고, 유리 조각을 박아 놓은 높은 돌담으로 둘러싸여 있었다. 유일한 출입구는 철로 만든 빗장이 달린 외짝문이었다. 숄토는 그 문을 쿵쿵 두드렸다. 우체부 같은 사람들이 할 법한 특이한 방식이었다.

"누구요?"

소리를 지르는 듯한 거친 목소리가 안에서 들려왔다.

"날세, 맥머도. 이렇게 문을 두드릴 사람이 나 말고 또 있겠는가?"

울부짖는 듯한 소리와 함께 덜컥덜컥 빗장을 벗겨 내는 소리가 들렸다. 육중한 문이 열리자 안에 키가 작고 유난히 가슴팍이 발달한 사내가 서 있었다. 그는 노랗게 빛나는 램프를 손에 들고 얼굴을 내밀어 의심하는 눈초리로 우리를 쳐다봤다.

"아니, 새디어스 도련님! 함께 오신 분들은 또 누구십니까? 다른 분과 같이 오신다는 이야기는 주인님께 듣지 못했는데요."

"뭐라고? 어떻게 그럴 수가 있지? 분명히 어제 저녁에 내가 친구 몇 명과 같이 올 거라고 형에게 말했는데."

"도련님, 주인님은 오늘 하루 종일 방에만 계셨기 때문에 저는 아무 말도 듣지 못했습니다. 잘 아시다시피 규칙을 어길 수는 없습니다. 도련님은 들어오셔도 되지만 친구분들은 여기서 기다려 주셔야겠습니다."

생각지도 못했던 귀찮은 일이 일어났다. 새디어스 숄토가 아주 난처해하는 표정으로 주위를 둘러보더니 입을 열었다.

"너무 깐깐하게 굴지 말게나, 맥머도! 내가 이분들의 신분을 보장하겠네. 젊은 아가씨도 계시는데 이렇게 늦은 시간에 길에서 기다리시게 할 수는 없지 않겠나?"

문지기는 눈 하나 깜빡이지 않고 대답했다.

"죄송합니다. 도련님께는 친구일지 몰라도 주인님께는 그렇지 않으니까요. 주인님은 일을 철저하게 수행하라고 월급을 많이 주십니다. 그러니 저도 제대로 일을 해내야 합니다. 여기 계신 분들이 도련님의 친구분들이라고 하지만 제가 아는 얼굴은 없습니다."

그러자 홈즈가 큰 목소리로 다정하게 말했다.

"아니, 그렇지는 않네. 자네 설마 나를 잊은 건 아니겠지? 4년 전, 자네를 위한 후원회가 열렸던 날 밤에 앨리슨의 집에서 자네와 3라운드 시합을 한 아마추어 권투 선수를 벌써 잊었나?"

프로 권투 선수가 깜짝 놀라며 말했다.

"아니, 셜록 홈즈 씨 아닙니까? 이거 몰라 뵀습니다. 어떻게 당신을 잊을 수가 있겠습니까? 그렇게 아무 말 없이 서 계시지 말고 느닷없이 제 턱에 어퍼컷이라도 날려 주셨다면 틀림없이 알아봤을 겁니다. 그런데 당신은 하늘이 주신 재능을 결국 살리지 않으신 모양입니다. 프로 세계에 뛰어들었다면 훨씬 더 높은 곳에 올라섰을지도 모르는데."

"왓슨, 어떤가? 다른 모든 것들이 나를 저버린다 해도 이처럼 고도의 기술이 필요한 직업 하나 정도는 아직도 나를 기다리고 있다네."

홈즈는 이렇게 말하더니 웃음을 터뜨렸다.

"이제 더 이상 썰렁한 길바닥에서 기다리지 않아도 되겠군."

"여러분, 안으로 들어오십시오. 어서 들어오세요. 실례했습니다, 새디어스 도련님. 주인님이 워낙 엄격하게 지키라는 명령을 내리셔서 어떤 분들인지 알기 전에는 안으로 들일 수가 없었습니다."

문지기가 말했다.

문 안으로 들어서자, 자갈을 깐 좁은 길이 황량하기 짝이 없는 정원을 가로질러 커다랗기만 하고 평범하며 네모난 집 앞까지 구불구불 이어져 있었다. 건물은 나무 그림자에 완전히 가려 어둠 속에 잠겨 있었고 한쪽 구석을 간신히 비추는 달빛이 건물 위로 난 창 하나를 희미하게 비출 뿐이었다. 새디어스 숄토도 이상한 기분을 느꼈는지 손에 든 램프가 덜거덕거릴 정도로 손을 떨었다. 그가 말했다.

"이럴 리가 없는데……. 아무래도 이상한데요. 뭔가 착각했나 봅니다. 분명히 형에게 오늘 밤에 친구를 데려오겠다고 말했는데 방에 불을 켜지 않았다니. 어떻게 해석해야 좋을지 모르겠군요."

"형님은 언제나 이렇게 집 안을 어둡게 해 놓고 경계하십니까?"

홈즈가 물었다.

"네, 아버지가 하신 대로요. 아버지는 형을 애지중지하셨거든요. 아마 형에게 저보다 몇 배는 더 많이 주의를 주셨을 거라고 종종 생각합니다. 저쪽 달빛이 비치고 있는 창이 형의 방입니다. 창문이 훤히 빛나기는 하지만 방 안에 불이 켜져 있는 것 같지는 않습니다."

"정말 그렇군요. 하지만 그 옆 작은 창에서는 빛이 새어 나오고 있는데요."

홈즈가 말했다.

"아, 저건 가정부의 방입니다. 나이 든 번스턴 부인이 쓰고 있지요. 그녀에게 물어보면 어떻게 된 일인지 알 수 있을 겁니다. 죄송하지만 여기서 잠깐만 기다려 주십시오. 부인도 아직 우리가 온다는 사실을 모를 수도 있으니까요. 우리가 한꺼번에 시끌벅적하게 안으로 들어가면 놀랄지도 모릅니다. 그런데 쉿, 조용히! 저게 뭐죠?"

숄토가 떨리는 손으로 램프를 높이 치켜들어 그것을 한 바퀴 빙글 돌려 주위를 비췄다. 그의 손이 떨리는 바람에 램프의 불빛마저 우리의 마음을 나타내는 듯 이리저리 흔들렸다. 모스턴 양이 내 손목을 잡았다. 우리는 모두 떨리는 가슴으로 귀를 기울였다. 크고 어두운 집 안에서 밤의 적막을 뚫고 더할 나위 없이 슬프고 애달픈 울음소리가 들려왔다. 겁을 먹은 듯한 여자가 흑흑거리며 훌쩍이는 울음소리였다.

"번스턴 부인입니다! 이 집에 다른 여자는 없습니다. 여기서 기다려 주십시오. 금방 돌아오겠습니다."

이렇게 말한 숄토는 서둘러 문 앞으로 달려가 조금 전과 마찬가지로 특이하게 문을 두드렸다. 문이 열리자 키가 크고 나이 든 여자가 안에서 모습을 드러냈다. 숄토를 본 그녀는 아주 반가워하는 몸짓으로 그를 안으로 맞아들였다.

"어머, 새디어스 도련님. 잘 오셨어요! 정말 잘 오셨어요, 새디어스 도련님! 이렇게 도련님 얼굴을 보니 얼마나 마음이 놓이는지 몰라요."

기쁨에 들뜬 부인은 같은 소리를 반복했지만 문이 닫히자 두런두런 이야기하는 소리만 들릴 뿐 그 내용을 알아들을 수는 없었다.

홈즈는 숄토가 두고 간 램프를 들어 천천히 주위를 비춰 가며 집 쪽을 한참 바라보기도 하고, 흙더미가 잔뜩 쌓인 정원을 둘러보기도 했다.

모스턴 양과 나는 서로의 손을 잡고 서 있었다. 사랑이란 참으로 설명하기 힘든 신비한 것이다. 우리는 지금까지 서로 말을 나누기는커녕 조금이라도 애정이 담긴 시선으로 상대를 바라본 적도 없었다. 그런데 난생처음 만난 두 사람이 어떤 사건에 휘말리면서 단 한 시간 만에 누가 먼저랄 것도 없이 서로의 손을 찾게 되었다.

이제 와서 돌이켜 보면 신기한 일이라고 생각하지만, 당시에는 그것이 아주 자연스러운 행동으로 느껴졌다. 그녀도 늘 말하기를, 그렇게 손을 잡고 있으니 자신도 모르게 누군가가 지켜 주고 있다는 느낌이 들어 든든했다고 한다. 어쨌든 그렇게 어린아이들처럼 손을 잡고 서 있으니 점점 마음이 편안해져서 어느 틈엔가 어둠에 대한 두려움이 사라지고 마음은 지극히 평화로워졌다.

모스턴 양이 주위를 둘러보며 말했다.

"정말 이상한 곳이에요. 마치 영국에 있는 두더지를 전부 이 정원에 풀어놓은 느낌이 들어요. 오스트레일리아의 발라렛 금광 근처에서 이것과 비슷한 풍경을 본 적이 있는데 금맥을 찾으려는 사람들이 산 중턱에서 열심히 땅을 파헤치고 있었어요."

홈즈가 말했다.

"여기도 비슷한 이유로 파헤친 겁니다. 이건 보물을 찾기 위해서 파헤친 구멍이죠. 이 집 형제가 6년 동안이나 보물을 찾았다고 했으니 정원이 마치 사금 채취장처럼 보이는 것도 당연합니다."

그때 현관문이 열리더니, 새디어스 숄토가 두 손을 앞으로 내민 채 겁에 질린 눈빛으로 뛰쳐나오며 외쳤다.

"바솔로뮤 형에게 무슨 일이 생긴 모양입니다! 무서워요! 너무 무서워서 약한 제 신경이 버티지 못할 것 같습니다!"

겁에 질린 나머지 그는 거의 울먹거리고 있었다. 아스트라한 모피를 댄 목깃 위로 나약해 보이는 그의 얼굴이 삐져나와 있었다. 그 얼굴은 꿈틀꿈틀 움직이며 겁에 질려 끊임없이 무엇인가를 호소하는 힘없는 어린아이 같은 표정을 지었다.

"안으로 들어가 봅시다."

홈즈가 또렷하고 분명한 목소리로 말했다.

"네, 그렇게 해 주십시오. 저는 어떻게 해야 좋을지 모르겠습니다."

숄토가 우는 소리로 부탁했다.

우리는 그를 따라서 복도 왼쪽에 있는 가정부의 방으로 들어갔다. 그녀는 공포에 질린 표정으로 손가락으로 소리를 내며 불안한 듯이 방 안을 서성이고 있었는데, 모스턴 양의 얼굴을 보고 조금은 마음이 가라앉은 듯했다.

"어머, 어서 오세요!"

그러더니 갑자기 다시 격렬하게 흐느끼며 모스턴 양에게 말했다.

"아가씨의 평온한 얼굴을 보니 이제 좀 안정이 되는 것 같네요. 오늘은 너무 힘든 날이었어요."

모스턴 양이 일에 시달려 거칠어진 가정부의 여윈 손을 쓰다듬으며 다정하게 위로의 말을 몇 마디 건넸다. 그러자 가정부의 뺨에 화색이 돌기 시작했다.

번스턴 부인이 사정을 설명했다.

"주인님이 하루 종일 방에 들어앉아 계시는데 아무리 불러도 대답이 없으셨어요. 원래 혼자 조용히 있는 걸 좋아하셔서 종종 그러실 때가 있죠. 그래서 시간이 지나면 대답을 하실 거라 생각해서 아침부터 계속 기다렸어요. 그런데 한 시간쯤 전에 아무래도 좀 이상했고 불길한 생각이 들어서 올라가 열쇠 구멍으로 방 안을 들여다봤죠. 새디어스 도련님, 한번 올라가 보세요. 올라가서 도련님 눈으로 직접 확인해 보세요. 바솔로뮤 주인님이 기뻐하시거나 슬퍼하시는 모습을 벌써 10년이나 봐 왔지만 저런 표정은 오늘 처음 봤어요."

새디어스 숄토는 이를 부들부들 떨 정도로 공포에 질려 있었다. 그가 걸음을 옮길 수 없을 만큼 다리를 떨었기 때문에 하는 수 없이 셜록 홈즈가 램프를 들고 앞장을 섰고, 나는 숄토의 팔을 부축해서 계단을 오르기 시작했다. 2층으로 가는 계단을 오르다가 홈즈가 주머니에서 확대경을 꺼내 들었다. 그러고는 코코야자 수염으로 짠 깔개 위에 찍힌 발자국을 주의 깊게 살폈다. 발자국이라고 해도 확실한 형태를 갖춘 것이 아니라 그저 희미하게 먼지가 묻어 얼룩이 진 것처럼 보일 뿐이었다. 홈즈는 램프를 낮춰 발밑을 비추더니 날카로운 눈빛으로 좌우를 살피며 하나하나 천천히 계단을 올랐다. 모스턴 양은 겁을 먹은 가정부와 함께 아래층에 남아 있었다.

2층에 올라가자 곧게 뻗은 복도가 나타났다. 오른쪽 벽에는 커다란 무늬가 새겨진 태피스트리가 걸려 있었고 왼쪽에 문 세 개가 늘어서 있었다. 홈즈는 좌우를 살피며 흐트러짐 없는 걸음걸이로 천천히 앞으로 나갔다. 우리는 복도 바닥에 검고 긴 그림자를 떨어뜨린 채 홈즈의 바로 뒤를 따라갔다. 우리의 목표는 세 번째 방문이었다. 홈즈가 노크를 했지만 대답이 없었기에 손잡이를 돌려 문을 밀어 보았다. 그러나 문은 안쪽에서 잠겨 있었다. 램프를 들어 잘 살펴보니 굵고 튼튼한 빗장이 걸려 있었다. 하지만 빗장을 완전히 내려놓지 않았기 때문에 열쇠 구멍이 다 막혀 있지는 않았다. 홈즈가 몸을 숙여 그 구멍으로 안을 들여다보더니 짧은 외침과 함께 바로 몸을 일으켰다.

"끔찍한 일이 벌어졌네, 왓슨."

홈즈가 말했다. 그가 그렇게 동요하는 모습은 처음이었다.

"자네도 한번 보게나."

나는 몸을 숙여 열쇠 구멍으로 안을 들여다봤다가 너무나도 끔찍한 광경을 목격하고 자신도 모르게 뒷걸음질 쳤다. 창을 통해서 달빛이 흘러들어 묘한 빛을 띠면서 방 안을 희미하게 비추고 있었다. 그리고 얼굴 하나가 공중에 떠 있는 채로 나를 바라보고 있었다. 거기에는 우리와 함께 온 새디어스의 얼굴이 있었다. 높이 솟아올라 번쩍번쩍 빛나는 이마, 머리를 둥그렇게 둘러싸고 자란 억세고 붉은 털, 핏기 가신 얼굴까지 모든 것이 똑같았다. 그렇지만 그 얼굴은 억지로 이까지 드러낸 채 음흉하게 웃고 있었다. 화석처럼 굳은 미소를 머금은 얼굴이 조용한 방 안에서 달빛을 받고 있는 모습을 본다면 누구라도 오싹해질 것이다. 얼굴이 너무나도 똑같아 나는 자신도 모르게 뒤돌아서 새디어스 숄토가 옆에 있는지 확인해 보았다. 그제야 간신히 그가 바솔로뮤와 쌍둥이 형제라고 말했던 사실을 기억해 냈다. 내가 홈즈에게 말했다.

"이거 큰일 났는걸! 어쩌면 좋겠나?"

"어쨌든 문부터 부수자고."

이렇게 대답한 홈즈는 맹렬한 기세로 문을 향해 달려들었다.

문은 끼이익 삐걱 하는 소리만 낼 뿐, 열리지는 않았다. 다시 한 번 모두 함께 달려들자 이번에는 부서지는 소리가 나면서 문이 열렸다. 우리는 바솔로뮤 숄토의 방 안으로 나뒹굴 듯 몰려 들어갔다.

방 안에는 화학 실험실 같은 설비들이 갖춰져 있었다. 문 맞은편 벽에는 유리 마개로 덮은 병들이 두 단으로 늘어서 있었고 테이블 위에는 분젠 램프, 시험관, 증류기 등이 어지럽게 널려 있었다. 구석에는 산성이 강한 병들이 상자 안에 들어 있었는데 그중 하나가 새거나 깨졌는지 거뭇한 액체가 흘러내렸고, 코를 심하게 자극하는 타르 비슷한 냄새가 방 안 가득 고여 있었다.

방 한가운데에는 평고대와 회반죽 가루가 어지럽게 흩어져 있었다. 그 한쪽으로 발판이 놓여 있었고 발판 바로 위쪽 천장에는 사람이 하나 드나들 수 있을 만한 구멍이 나 있었다. 발판 밑으로는 둥그렇게 말린 긴 밧줄이 덩그러니 놓여 있었다.

이 집 주인은 테이블 옆, 팔걸이가 달린 나무 의자에 머리를 왼쪽 어깨 쪽으로 떨구고 그 기분 나쁜 웃음을 지으며 축 늘어져 앉아 있었다.

몸이 이미 식었고 굳은 것으로 봐서 죽은 지 벌써 몇 시간이 지났다는 사실을 확실하게 알 수 있었다. 자세히 살펴보니 얼굴뿐만 아니라 손과 발도 전부 아주 묘한 상태로 일그러지고 뒤틀려 있었다. 테이블 위, 그의 손과 가까운 곳에 조금 특이한 도구가 있었다. 결이 고운 갈색 막대기 끝에 돌멩이를 기친 삼실로 묶어 놓아 망치처럼 보였다. 그 옆에 필기체로 몇 자 적어 놓은 편지지 조각이 놓여 있었다. 홈즈가 그것을 언뜻 들여다보고는 내게 건네줬다.

"역시 생각한 대로군."

홈즈가 의미심장하게 눈썹을 한 번 추켜올리며 말했다.

"네 개의 서명."

나는 램프의 불빛을 비춰 그 편지지 조각에 적힌 글자를 읽고는 섬뜩해졌다.

"이건 대체 무슨 의미지?"

"살인을 의미하는 거지."

내가 묻자 홈즈는 이렇게 말하고 시체를 살펴봤다.

"아! 이럴 줄 알았어. 이걸 좀 보게나!"

그가 시체의 귀 바로 위쪽에 박힌 긴 가시 같은 것을 가리키며 말했다.

"무슨 가시 같은데?"

"침이야. 빼 봐도 상관없어. 하지만 조심하게. 독이 묻어 있으니."

나는 두 손가락으로 침을 집어

빼냈다. 침은 아주 간단히 빠졌고 자국도 거의 남지 않았다. 침에 찔린 부분에 조그맣게 핏자국이 묻어 있을 뿐이었다. 내가 말했다.

"뭐가 뭔지 하나도 모르겠네. 점점 풀리는 게 아니라 점점 어려워지고 있어."

"아니, 사건이 점점 명확해지고 있는 걸세. 이것과 관련된 두어 가지 일만 더 밝혀내면 완전히 풀 수 있을 거야."

홈즈가 말했다.

우리는 방에 들어선 순간부터 새디어스가 함께 있다는 사실을 거의 인식하지 못했다. 그는 문가에 서서 완전히 겁에 질린 듯 두 손을 꼭 쥔 채 신음소리를 내고 있었다. 그러다가 갑자기 날카롭게 외쳤다.

"보물이 없어졌어! 녀석들이 훔쳐간 거야! 우리는 저 구멍으로 보물을 꺼냈습니다. 형이 보물을 꺼내는 걸 제가 도왔어요! 형을 마지막으로 만난 건 저였습니다! 어젯밤 저는 여기에 왔다가 집으로 돌아갔는데 계단을 내려갈 때 형이 문을 잠그는 소리를 들었습니다."

"그게 몇 시였죠?"

"10시였습니다. 그런데 지금 형이 죽어 버렸으니 경찰을 부르면 제가 죽인 거라고 의심할 게 뻔합니다. 맞아요, 틀림없이 의심을 받을 거예요. 하지만 여러분은 그렇게 생각하지 않으시죠? 설마 제가 범인이라고 생각하는 건 아니겠죠? 제가 범인이라면 여러분을 여기로 데려올 리가 없지 않겠습니까? 아, 어쩌면 좋지? 어쩌면 좋아? 머리가 완전히 돌아 버릴 것 같아!"

그는 정말 미쳐 버린 사람처럼 팔을 내젓기도 하고 발을 동동 구르기도 했다. 홈즈가 새디어스의 어깨에 가만히 손을 얹으며 부드러운 목소리로 말했다.

"숄토 씨, 조금도 걱정할 필요 없습니다. 다른 말은 하지 않겠습니다. 지금 바로 경찰서에 가서 어떻게 된 일인지 모두 설명해 주세요. 그리고 가능한 한 수사에 협력하세요. 우리는 당신이 돌아올 때까지 여기서 기다리고 있겠습니다."

조그만 사내는 반쯤 넋이 나간 상태였지만 그래도 홈즈의 말에 따랐다. 우리는 그가 비틀비틀 어두운 계단을 내려가는 소리를 들었다.

6. 셜록 홈즈의 논증

홈즈가 두 손을 마주 비비며 말했다.

"자, 왓슨. 우리에게 30분 정도의 여유가 있네. 그 시간을 충분히 활용하자고. 아까도 이야기한 것처럼 사건이 어떻게 된 건지 대충은 짐작이 가네. 하지만 지나친 자신감 때문에 일을 망쳐서는 안 되지. 아직까지는 단순한 사건처럼 보이지만 그 뒤에 어떤 복잡한 문제가 얽혀 있을지도 모르니까."

"단순하다고?"

나도 모르게 소리를 지르고 말았다.

홈즈가 학생들 앞에서 임상의학을 강의하는 교수 같은 어투로 말하기 시작했다.

"그렇다네. 잠깐 저쪽으로 가서 앉아 있게. 여기저기 발자국을 남기면 일이 복잡해져. 그럼 시작해 볼까? 우선 범인들이 어디로 들어와서 어디로 나갔을까 하는 점일세. 문은 어젯밤부터 계속 잠긴 채 있었다고 하니 거긴 아닐 걸세. 그렇다면 창은 어떨까?"

　그는 램프를 들고 가서 창가를 살펴보기 시작했다. 그리고 관찰한 내용을 하나하나 소리 내서 말했는데 그것은 내가 아니라 스스로에게 들려주는 듯했다.

　"창문은 안에서 고리를 채워 놨군. 창틀도 아주 튼튼하고. 경첩에도 이상은 없어. 열어 볼까? 근처에 빗물받이는 없군. 지붕에도 손이 닿지 않아. 그런데 누군가 창틀에 올라섰군. 어젯밤에는 비가 조금 내렸고 창턱 위에 진흙이 묻은 발자국이 찍혀 있어. 그리고 여기에도 둥근 진흙 자국이 남아 있고, 여기 방바닥 위에도, 테이블 옆에도 찍혀 있군. 어떤가? 왓슨, 이건 정말 결정적인 증거일세."

　나는 윤곽이 확실하게 드러나 있는 둥근 진흙 자국을 살펴봤다.

　"이건 발자국이 아닌데."

　내가 말했다.

　"그건 우리에게 발자국보다도 더 큰 도움을 준다네. 의족 자국이지. 하지만, 보게. 창턱 위에는 구두 자국이 남아 있어. 그것도 뒤꿈치에 커다란 금속을 박은 무거운 구두인데 그 옆에 의족 자국이 남아 있네."

　"그렇다면 의족을 한 사내란 말인가?"

　"그렇지. 하지만 그 외에도 다른 사람이 있었을 걸세. 솜씨가 아주 좋은 공범이 말일세. 왓슨, 자네는 저 벽을 오를 수 있겠나?"

　나는 활짝 열린 창으로 밖을 내다보았다. 여전히 달빛이 이 집의 벽을 밝게 비추고 있었다. 창은 지면에서 18미터 이상 떨어져 있었으며 어디를 봐도 발을 디딜 만한 곳은 전혀 없었고, 벽돌로 쌓은 벽은 깨진 곳 하나 없었다.

　"절대로 못 오를 걸세."

내가 대답했다.

"도와주는 사람이 없다면 그렇겠지. 하지만 이 위에 있던 동료가 이 굵은 밧줄을 저쪽 벽에 붙은 커다란 고리에 묶어 떨어뜨려 준다면 어떻겠나? 둔한 사람이 아니라면 의족을 했더라도 충분히 기어오를 수 있겠지. 나갈 때도 역시 같은 방법으로 기어 내려가면 돼. 그런 다음 동료가 밧줄을 끌어올리고 매듭을 푼 뒤, 창을 닫고 안에서 고리를 걸어 두고 자기도 원래 들어온 곳을 통해서 나가면 되는 걸세."

홈즈가 밧줄을 만지작거리면서 말을 이었다.

"그리고 이건 그리 중요한 사실은 아니네만…… 이 의족을 한 녀석은 능숙하게 기어오르긴 했지만 뱃사람은 아니라는 사실에 조금 주목할 필요가 있을 것 같네. 손바닥에 굳은살이 전혀 없으니 말일세. 돋보기로 밧줄을 살펴보니 핏자국이 여기저기 보였는데 특히 끝 부분에 많이 남아 있었어. 그 점으로 미루어 보아 이 사내는 너무 서둘러 내려가다가 손바닥이 벗겨진 것 같네."

"그렇군. 거기까지는 잘 알겠네. 하지만 사건은 더 복잡해진 것 같은데. 그 베일 속의 공범은 어떻게 된 건가? 그 녀석은 어떻게 이 방에 들어온 거지?"

"맞아, 바로 그 공범!"

홈즈가 중얼거리더니 가만히 생각에 잠겼다.

"그 공범에게는 여러 가지 재미있는 특징들이 있네. 이 녀석이 없었다면 사건은 아주 평범한 것이 되고 말았을 거야. 이런 공범이 우리나라의 범죄 기록에 등장한 건 이번이 처음일 걸세. 하지만 인도에서는 분명히 이와 비슷한 예가 있었고, 내 기억이 정확하다면 서아프리카 세네감비아[10] 지방에서도 비슷한 녀석이 나타났다네."

"그건 그렇다 치고, 녀석은 어떻게 이 방으로 들어왔을까?"

나는 같은 질문을 반복했다.

"문은 잠겨 있었고, 창문에는 고리가 걸려 있어서 열리지 않았어. 그렇다면 굴뚝을 통해서 들어왔다는 말인가?"

"구멍이 너무 작아서 도저히 들어올 수가 없네. 그 점에 대해서는 나도 생각해 보았다네."

홈즈가 대답했다.

"그럼 어떻게 들어온 건가?"

나는 끈질기게 물고 늘어졌다.

홈즈가 안타깝다는 듯이 고개를 흔들며 말했다.

"자네는 내가 늘 하던 말을 잊었단 말인가? 불가능한 것들을 모두 지우고 나면, 아무리 가능성이 없어 보이더라도 마지막으로 남는 것이 진실일 수밖에 없다고 지금까지 몇 번이나 말했네. 범인이 문으로도, 창문으로도, 심지어는 굴뚝으로도 들어오지 않았다는 사실을 확실히 알았어. 그리고 이 방에는 숨어 있을 만한 곳이 어디에도 없으니 미리 들어와 있었다고도 볼 수 없지. 자, 그렇다면 어디로 들어왔겠나?"

"천장의 구멍!"

나도 모르게 소리를 질렀다.

"바로 그걸세. 그 외에는 달리 들어올 방법이 없지. 미안하지만 램프를 좀 들어 주겠나? 천장 위의 방, 보물이 숨겨져 있었다는 그 비밀의 방을 조사해 봐야겠네."

홈즈는 발판 위로 올라가 두 손을 들보에 걸치고는 가볍게 천장 위쪽

---

10) Senegambia. 오늘날의 아프리카 서부의 세네갈과 감비아 지역을 통틀어 말한다.

으로 뛰어올랐다. 그리고 엎드려 손을 밑으로 뻗어 내가 들고 있던 램프를 받아들고 내가 오르는 것을 도와주었다.

천장 위 다락방의 크기는 가로 3미터, 세로 2미터 정도였다. 바닥은 들보로 되어 있었고, 그 사이에 가는 평고대를 깔고 거기에 회반죽을 바른 것이 전부였기 때문에 그 위를 걸으려면 들보에서 들보로 건너뛰어야 했다. 위쪽은 경사가 아주 심했는데 집 지붕의 안쪽 면임이 분명했다. 방에 가구라고 할 수 있는 것은 하나도 없었으며 바닥에는 몇 년 동안 쌓인 먼지가 수북했다.

홈즈가 비스듬한 벽에 손을 대며 말했다.

"이건 뭐지? 왓슨, 여기 좀 보게나. 밖으로 통하는 들창일세. 여길 통해서 지붕 위로 올라갈 수 있을 거야. 이렇게 밀면, 보게, 위는 경사가 완만한 지붕일세. 즉, 첫 번째 용의자는 여기로 들어온 걸세. 대체 어떤 녀석일까? 어딘가에 단서를 남겼을지도 몰라. 조사해 보세."

홈즈는 램프를 바닥에 놓았다. 그리고 나는 그 순간 그의 얼굴에 그날 밤 두 번째로 놀라는 기색이 떠오르는 것을 보았다. 그를 따라 시선을 옮기자 나도 등줄기가 오싹해졌다. 바닥 여기저기에 맨발 자국이 찍혀 있었다. 윤곽을 확실하게 알아볼 수 있을 정도로 선명했는데 보통 성인 발 크기의 반이 될까 말까

하는 정도였다.

내가 속삭이듯이 말했다.

"홈즈, 이 무시무시한 일을 해치운 게 어린아이란 말인가?"

홈즈는 이미 평소와 같은 냉정함을 되찾고 있었다. 그가 입을 열었다.

"나도 순간 놀랐다네. 하지만 조금도 이상할 게 없어. 잠깐 잊고 있지만 않았다면, 이런 건 진작부터 알고 있었을 걸세. 여기에는 더 이상 단서가 될 만한 것이 없네. 아래로 내려가세."

"자네는 저 발자국에 대해서 어떻게 생각하나?"

방으로 내려오자마자 내가 진지하게 물었다.

"왓슨, 자네 스스로 분석해 보게나. 내가 어떤 방법을 쓰는지는 알고 있겠지? 그 방법대로 한번 해 보게. 그러면 서로 결과를 비교해 볼 수 있을 테니 좋지 않은가?"

홈즈가 조금 신경질적으로 말했다.

"나는 이 사실들을 어떻게 설명해야 좋을지 감도 안 잡히네."

"곧 모든 것이 확실해질 걸세. 여기에는 더 이상 중요한 단서가 없겠지만 혹시 모르니 조금 더 조사해 보세."

그는 주머니에서 돋보기와 줄자를 꺼내더니 무릎을 꿇은 채, 길고 가는 코를 바닥에 문지르는 듯한 자세로 방 안을 돌아다니며 살펴봤다. 작고 둥글어 새처럼 생긴 움푹 팬 눈을 반짝이며 여기저기 줄자로 재 보기도 하고 비교해 보기도 했다. 소리도 내지 않고 잽싸게 움직이는 그 모습은 잘 훈련된 경찰견이 발자국 냄새를 맡고 있는 모습 같았다. 그것을 보면서, 만약 그가 법률을 지키는 편이 아니라 범하는 편에 서서 자신의 열정과 지혜를 사용했다면 얼마나 무시무시한 범죄자가 되었을지 생각하지 않을 수 없었다. 끊임없이 혼잣말을 중얼거리며 여기저기를 조사하던 홈즈가 마침내 커다란 환호성을 내질렀다.

"우리는 정말 운이 좋아. 이 사건은 이제 거의 다 해결되었네. 불쌍하게도 첫 번째 용의자가 크레오소트[11]를 밟았군. 이 지독한 냄새를 풍기는 것 옆에 조그만 발자국이 확실하게 찍혀 있는 게 보이지? 보게, 이 병에 금이 가서 내용물이 새어 나오고 있네."

홈즈가 말했다.

"그래서 어쨌단 말인가?"

내가 물었다.

"정말 모르겠나? 녀석을 잡았다는 말일세. 이 정도 냄새라면 세상 끝까지라도 쫓아갈 개를 알고 있어. 평범한 사냥개도 청어 냄새를 맡으면 그걸 따라서 주써 하나를 가로지를 수도 있다네. 이렇게 냄새가 지독하니 특별한 훈련을 받은 개라면 제아무리 먼 곳까지라도 쫓아갈 수 있지. 이건 마치 비례식을 푸는 기분이군. 답은 이미 주어진 거나 다름없네. 이런, 형사 나리들께서 오셨나 보군."

뚜벅뚜벅 발자국 소리와 웅성거리는 소리가 들리더니 곧 현관문이 쿵 하고 닫히는 커다란 소리가 들려왔다. 홈즈가 물었다.

"저 양반들이 들어오기 전에 이 가엾은 사람의 팔과 다리를 만져 보게나. 감촉이 어떤가?"

"근육이 굳어서 판자처럼 딱딱하군."

"그렇지? 굉장히 수축되어 있어. 죽은 후에 경직되더라도 일반적으로 이렇게 심하게 굳어 버리지는 않네. 그리고 옛날 작가들은 이렇게 일그러진 얼굴을 '히포크라테스의 미소'며 '웃음 근육의 경련'이라고 불렀

11) creosote. 목木타르에서 얻은 페놀류의 혼합물로, 무색이나 미황색의 투명한 유액이고 연기 냄새가 난다.

지. 자, 이 사실들을 종합해서 얻어 낸 결론은 없나?"

"강력한 식물성 알칼로이드 때문에 죽었군. 근육 경련을 일으키는 스트리크닌 같은 물질이 원인이 돼서 죽은 거겠지."

내가 대답했다.

"나도 근육이 수축된 이 사람의 얼굴을 보는 순간 그런 생각을 했다네. 그래서 방에 들어오자마자 독이 어떻게 체내로 들어갔는지 조사했어. 그리고 자네도 보았듯이 이 사람 머리에는 그리 깊지 않게 침이 꽂혀 있었네. 이 사내가 의자에 바른 자세로 앉아 있었다고 가정한다면, 그 침이 박혀 있던 부분은 바로 천장 구멍 쪽을 향하고 있네. 이 침을 살펴봐 주겠나?"

나는 조심스레 침을 집어 램프의 불빛에 비춰 보았다. 검은빛을 띤 길고 뾰족한 침이었다. 끝부분에는 나뭇진 같은 것을 발라 두어 반짝반짝 빛나고 있었으며 아주 매끄러웠다. 반대편 굵은 쪽의 끝 부분은 칼로 다듬어 둥그스름했다.

"영국에서 볼 수 있는 가시나무 같은가?"

"아니, 그렇지 않네."

"이만큼 자료가 모였으니 자네도 뭔가 결론을 내릴 수 있을 걸세. 이제 정규군이 왔으니 보조 부대인 우리는 이만 물러나기로 할까?"

홈즈가 이야기하는 동안에도 발소리가 점점 가까워지더니 드디어 문 바로 옆 복도까지 다가왔다. 이윽고 회색 옷을 입은 체격이 다부지고 뚱뚱한 사내가 성큼성큼 방 안으로 들어왔다. 얼굴이 불그스름했는데, 통통하게 살이 오른 뺨 위에서 반짝거리는 작은 눈이 우리 쪽을 가만히 바라보고 있었다. 그 뒤로 제복을 입은 경찰과 아직도 놀란 가슴을 가라앉히지 못한 새디어스 숄토가 따라 들어왔다.

얼굴이 불그스름한 사내가 낮고 갈라지는 목소리로 말했다.

"음, 이거군! 이건 좀 심했군! 그런데 저기 있는 사람들은 누구지? 이 집은 토끼우리처럼 사람들로 가득하군."

"설마 날 잊지는 않았겠지요, 애설니 존스 씨."

홈즈가 조용한 목소리로 말했다.

"아, 잊을 리가 있겠습니까? 이론가이신 셜록 홈즈 선생님 아닙니까? 기억하고말고요! 비숍게이트의 보석 사건 때 원인과 추리, 결과에 대한 선생님의 고견을 들은 일은 평생 잊지 못할 겁니다. 그때는 선생님의 의견 덕분에 수사의 방향을 제대로 잡았던 것이 사실이지만, 지금 생각해 보면 선생님의 이론 덕분이 아니라 운이 좋아서 그랬던 거죠. 그건 선생님도 인정하시겠죠?"

"그건 아주 간단한 추리만으로도 해결할 수 있는 문제였습니다."

"이런, 왜 이러십니까! 솔직하게 인정하는 건 그리 부끄러운 일이 아닙니다. 그건 그렇고, 이건 또 뭐지? 이건 좀 심하군! 정말 지독해! 이렇게 사실들이 명확하니 이론 같은 건 내세울 필요도 없겠군. 다른 사건 때문에 마침 내가 노우드에 와 있었기에 망정이지. 여기 경찰서에 있을 때 연락을 받았거든요. 그런데 선생님은 이 사람의 사인이 뭐라고 생각하십니까?"

"이런 사건에 무슨 이론을 세우고 그러겠습니까?"

홈즈가 쌀쌀맞게 대답했다.

"아니, 그렇지는 않지요. 선생님이 가끔은 사건의 핵심을 아주 잘 찌를 때가 있다는 사실을 부정할 사람은 없을 겁니다. 그래서 말인데, 문은 잠겨 있었고 50만 파운드에 달하는 보석이 없어졌다고 하더군요. 창문은 어땠습니까?"

"잠겨 있었습니다. 그런데 창턱에 발자국이 남아 있어요."

"음, 음. 창문이 닫혀 있었다면 발자국은 사건과 무관하겠군. 그런 건 상식이지요. 이 사람은 그저 병에 의한 발작 때문에 죽은 걸지도 모릅니다. 그런데 보석이 없어졌다니. 아하! 그럴 수도 있겠군. 가끔 이렇게 생각이 번뜩일 때가 있다니까요. 경위, 잠깐 자리를 비켜 주겠나? 죄송하지만 숄토 씨도요. 홈즈 선생님과 함께 오신 분은 여기 있어도 됩니다. 자, 선생님. 이걸 어떻게 생각하십니까? 숄토 본인의 진술에 따르면, 그는 어젯밤에 형을 찾아왔습니다. 그런데 형이 발작으로 죽자 숄토가 보물을 가지고 여기서 나간 겁니다. 자, 이렇게 생각할 수도 있지 않겠습니까? 어떻습니까?"

"그럼 죽은 사람이 일어나서는 신중하게도 안쪽에서 빗장을 걸었다는 말이군요."

"흠! 듣고 보니 그렇군요. 그렇다면 상식적으로 생각해 봅시다. 새디어스 숄토라는 사람은 틀림없이 형을 찾아왔습니다. 그리고 말다툼을 했죠. 여기까지는 다 아는 사실입니다. 그런데 형이 죽고 보석도 없어지고 말았습니다. 이것도 사실이죠. 새디어스가 돌아간 뒤로는 형의 모습을 본 사람이 아무도 없습니다. 침대에 누웠던 흔적도 없고. 그런데 새디어스가 지금 심하게 떨고 있다는 사실은 누구나 한눈에 알아볼 수 있죠. 인상도 좋지 않아요. 새디어스에게 냄새가 나서 감시의 그물을 쳐 놓았는데 그 그물은 점점 범위를 좁혀 갈 겁니다."

존스의 대답에 홈즈가 다시 말을 이었다.

"당신은 아직도 사건을 충분히 파악하지 못하고 있군요. 이 나무 침은 죽은 자의 머리에 꽂혀 있었습니다. 여기에 아직도 자국이 남아 있죠? 십중팔구 이 침에는 독이 발라져 있습니다. 그리고 보시다시피 이름이 적힌 카드가 테이블 위에 있었습니다. 그 옆에는 나무 끝에 돌을 묶은 특이한 도구가 놓여 있었죠. 당신은 이 모든 것들을 어떻게 설명하시겠습니까?"

"다 뻔한 수작이지. 아무리 봐도 증거는 명백합니다. 이 집은 인도에서 가져온 진귀한 물건들로 가득한데, 새디어스가 그중에서 이걸 꺼내 왔겠죠. 그리고 이 가시에 독이 묻어 있었다면 새디어스가 그걸 살인에 썼다고 생각해도 별로 이상할 건 없습니다. 그 카드도 경찰의 눈을 흐리기 위한 속임수일 겁니다. 문제는 오직 하나, 저 사내가 여기서 어떻게 나갔을까 하는 거죠. 아, 천장에 구멍이 뚫려 있군. 두말할 필요도 없이 저기로군요."

뚱뚱한 형사는 거만한 말투로 말했다. 그러고는 덩치에 비해 잽싼 몸짓으로 발판에 뛰어오르더니 다락방으로 기어 올라갔다. 곧 들창이 있다며 기뻐하는 외침이 들렸다.

홈즈가 어깨를 한 번 으쓱한 뒤 말했다.

"저 사람이 뭔가를 발견할 때도 있군. 때로는 머리를 살짝 쓰기도 한다는 뜻이지. 프랑스 속담 중에 '잘난 척하는 바보만큼 다루기 힘든 녀석도 없다.'는 말이 있잖은가?"

그때 애설니 존스가 발판에서 내려오며 말했다.

"자, 어떻습니까? 결국 이론보다는 사실이 한 수 위죠. 내 견해가 정확하다는 것을 확인했습니다. 지붕으로 통하는 들창이 있는데 그게 반쯤 열려 있더군요."

"그건 내가 열었는데요."

"아, 그렇습니까? 그럼 당신도 알고 있었군요?"

애설니가 조금 풀이 죽어서 말했다.

"뭐, 누가 발견했든 범인이 어떻게 빠져나갔는지는 명확해졌으니 상관없습니다. 이보게, 경위!"

"네."

복도 쪽에서 대답이 들려왔다.

"숄토 씨를 데리고 오게나. 숄토 씨, 지금부터 당신이 하는 말은 당신에게 불리하게 적용될 수 있음을 알려 드립니다. 여왕 폐하의 이름으로, 바솔로뮤 숄토를 살해한 범인으로 당신을 체포합니다."

"그것 봐요! 제가 이럴 거라고 말하지 않았습니까?"

조그만 사내는 가엾게도 두 손을 내밀어 우리의 얼굴을 하나하나 바라보며 외쳤다.

"걱정하지 마세요, 숄토 씨. 내가 당신의 혐의를 벗길 수 있으니까요."

홈즈가 말했다.

"이론가 선생, 함부로 큰소리치지 마시오. 선생이 생각하는 대로 된다는 보장은 없으니까."

경찰이 홈즈의 말을 가로막으며 말했다.

"존스 씨, 나는 숄토 씨에 대한 혐의를 벗길 수 있을 뿐만 아니라 어젯밤에 이 방에 침입했던 두 사람 중 한 사람의 이름과 특징을 알려 드릴 수 있습니다. 그의 이름은 조너선 스몰입니다. 믿을 만한 충분한 근거가 있어요. 스몰은 몸집이 작고 많이 배우지는 못했지만 활동적인 사람입니다. 오른쪽 다리가 없는 대신 거기에 안쪽이 닳은 의족을 하고 있지요. 왼발에 신은 장화에는 발끝이 각진 밑창을 댔고 뒤꿈치에는 둥근 쇠징이 박혀 있어요. 햇볕에 얼굴이 심하게 그을린 중년 남자이며 전과도 있습니다. 여기에 손바닥 껍질이 심하게 벗겨졌다는 사실을 덧붙인다면 당신에게는 어느 정도 참고가 되겠지요? 또 다른 한 명은……."

"오, 또 다른 한 명?"

애설니 존스는 코웃음을 치며 말했지만 홈즈가 아주 세세한 부분까지 정확하게 설명하자 놀라움을 감추지 못하는 표정이었다.

홈즈가 휙 몸을 돌리며 말했다.

"좀 특이한 사람입니다. 두 사람 모두 곧 소개해 드릴 수 있겠군요. 왓슨, 잠깐 나 좀 보게."

홈즈는 계단이 있는 곳까지 나를 데리고 갔다.

"뜻밖의 사건이 벌어지는 바람에 우리가 처음 여기에 온 목적을 잊고 있었네."

홈즈의 말을 듣고 나는 고개를 끄덕이며 대답했다.

"나도 지금 막 그런 생각을 했네. 모스턴 양을 이런 음침한 집에 계속 내버려 둘 수는 없지."

"그래, 그럼 자네가 집까지 좀 바래다주게나. 로워 캠버웰에 있는 세실 포레스터 부인 댁에서 살고 있다고 했으니 여기서 그다지 멀지는 않네.

자네가 다시 돌아올 생각이라면 나는 여기서 기다리고 있겠네. 자네, 피곤하지는 않은가?"

"아니, 전혀. 이 기괴한 사건의 수수께끼가 좀 더 확실해질 때까지는 쉬고 싶은 마음이 들지 않을 걸세. 나도 인생의 거친 면을 꽤나 맛본 사람이지만 오늘 밤처럼 생각지도 못했던 놀랍고 이상한 일들을 연속으로 겪고 나니 솔직히 말해서 정신이 하나도 없군. 하지만 이왕 이렇게 된 거, 자네와 함께 있으면서 사건이 완전히 해결되는 것을 끝까지 지켜보고 싶네."

"자네가 곁에 있어 준다면 큰 도움이 될 걸세. 존스는 제멋대로 엉터리 수사나 하라고 내버려 두고 우리는 우리대로 수사를 진행하세. 모스턴 양을 데려다주고 램버스의 강변 가까이에 있는 핀친 가 3번지까지 가주게. 오른쪽에서 세 번째 집이 새를 박제하는 집인데 들어가서 셔먼이라는 사람을 찾으면 되네. 창가에 작은 토끼를 물고 있는 박제 족제비가 있으니 금방 알아볼 수 있을 걸세. 셔먼 노인을 깨워서 내 이름을 대고 지금 바로 토비가 필요하니 좀 빌려 달라고 하게. 그리고 토비를 마차에 태워서 이리로 데려다주게나."

"토비란 녀석은 개인가?"

"그렇다네. 이상한 잡종이지만 정말 놀라운 후각을 가지고 있다네. 이번 사건에서는 런던의 모든 탐정들을 불러 모으는 것보다 토비의 도움을 받는 게 나을 걸세."

"그럼 데리고 오겠네. 지금이 새벽 1시니까 튼튼한 말이 끄는 마차만 잡아탈 수 있다면 3시까지는 돌아올 수 있을 걸세."

그러자 홈즈는 이렇게 말했다.

"그동안 나는 번스턴 부인에게 캐낼 만한 것이 없나 몇 가지 물어봐야겠네. 그리고 새디어스의 말에 따르면 옆에 있는 다락방에서 잠을 잔다는 인도인 하인에게도. 그게 끝나면 존스 선생님의 수사법이라도 연구하면서 비꼬는 소리에 귀를 기울이고 있어야겠네. 괴테가 참 절묘하게 표현했지. '사람은 언제나 자신이 이해하지 못하는 것을 비웃는 법이다.'라고 말일세."

7. 통에 얽힌 이야기

나는 경찰들이 타고 온 마차로 모스턴 양을 데려다주었다. 천사같이 다정한 마음씨를 가진 그녀는, 곁에 자신보다 나약한 사람이 있어서 그 사람을 위로해야 할 때에는 아주 냉정한 얼굴로 자신의 괴로움을 견뎌내고 있었다. 그녀는 겁에 질린 가정부의 곁에서는 침착한 태도로 밝게 행동했다. 그런데 마차에 오르자마자 마치 정신을 잃을 것처럼 휘청거리더니 갑자기 울음을 터뜨렸다. 하룻밤 사이에 일어난 여러 가지 끔찍한 사건들은 그녀에게 무척이나 괴로운 것이었다.

그 뒤로도 그녀가 종종 말하기를, 그때 마차 안에서 내 행동은 차갑고 서먹서먹했다고 한다. 내 마음이 괴로웠다는 사실, 내 마음을 억누르려고 필사적으로 노력하고 있었다는 사실을 그녀는 전혀 눈치채지 못했다. 하지만 그녀를 사랑하고 동정하는 마음은 정원에서 손을 잡았을 때와 조금도 다르지 않았다. 평범한 일상생활을 몇 년 동안 함께한다 해도 그 이상한 하룻밤만큼 그녀의 상냥하고 야무진 성격을 잘 알 수 있는 기회는 없을 것이라고 생각했다.

하지만 나는 두 가지 일이 마음에 걸려서 입 밖으로 튀어나올 뻔한 사랑의 말을 끝내 하지 못했다. 그녀는 큰 충격을 받아 정신적으로나 육체적으로 매우 지쳐 있었다. 이럴 때 청혼을 하면 상대방의 약점을 이용하는 것이나 다름없었다. 그리고 더욱 더 염려되는 것은 그녀가 부자라는 사실이었다. 만약 홈즈가 수사를 적절하게 마무리짓기만 한다면 그녀는 막대한 유산을 물려받게 될 터였다. 그런데 전역 군의관에 불과한 내가 우연한 계기로 만난 그녀에게 청혼을 한다는 것이 과연 정당하고 명예로운 일일까? 모스턴 양은 나를 자기 재산이나 탐내는 사내로 여길지도 모른다. 만약 그녀가 조금이라도 그런 생각을 한다면 나는 견딜 수 없을 것이다. 아그라의 보물은 우리 두 사람 사이를 가로막는, 넘을 수 없는 장벽이었다.

우리는 새벽 2시가 가까워진 시각에 세실 포레스터 부인 댁에 도착했다. 하인들은 벌써 몇 시간 전부터 침실로 물러나 있었지만 포레스터 부인은 모스턴 양이 받은 이상한 편지에 관심이 있었으므로 잠을 자지 않고 그녀가 돌아오기만을 기다리고 있었다. 부인이 직접 문을 열어 주었다. 포레스터 부인은 품위 있는 중년으로, 다정하게 모스턴 양의 허리에 팔을 감고 자애로운 목소리로 말을 걸며 그녀를 맞아들이는 모습을 보고 나는 마음이 놓였다. 모스턴 양은 그저 월급만 받는 가정교사가 아니라 친구로서 대접받는 것이 분명했다.

모스턴 양이 나를 소개하자 부인은 안으로 들어와서 우리가 겪은 모험에 대해서 이야기해 달라고 간곡히 부탁했다. 하지만 나는 아직 중요한 일이 남아 있다고 말하고, 사건의 경위를 더 확실하게 알게 되면 그때 다시 찾아뵙겠다고 굳게 약속했다.

마차가 막 달리기 시작했을 때 나는 가만히 뒤를 돌아보았다. 그때 현관 앞에 나란히 서 있던 두 사람의 품위 있는 모습, 반쯤 열린 문, 스테인드글라스를 통해 비치는 현관 거실의 반짝이는 불빛, 기압계, 계단의 깔개를 누르고 있는 번쩍번쩍 빛나는 금속 봉…… 이런 모습은 지금도 내눈앞에 있는 듯이 기억 속에 선명하게 남아 있다. 광기 어린 음험한 사건에 휩싸인 지금, 잠시나마 평온한 영국 가정을 본 것이 내게 커다란위안이 되었다.

그런데 생각하면 생각할수록 이 사건은 음산하고 끔찍했다. 흔들리는마차를 타고 가스등이 비추는 조용한 거리를 지나가면서 나는 오늘 밤에 일어난 기이한 사건을 처음부터 다시 생각해 봤다. 우선 첫 번째 문제는 상당히 확실하게 밝혀졌다. 모스턴 대위의 죽음, 모스턴 양이 받은진주, 신문의 광고문, 편지, 이런 것들은 그 진실이 드러났다. 하지만 그때문에 우리는 더욱 복잡하고 훨씬 더 무시무시한 수수께끼 속으로 빠져들었다.

인도의 보물, 모스턴의 짐에서 발견된 의문의 지도, 숄토 소령이 죽었을 때의 기괴한 장면, 발견된 보물과 그것을 찾은 직후에 일어난 발견자의 죽음, 이 범죄와 관련된 기괴한 일들, 발자국, 놀라운 무기, 모스턴 대위의 지도에 있었던 것과 똑같은 말이 적힌 종이쪽지. 이것은 그야말로하나의 미로였고, 홈즈 같은 재능을 가진 사람이 아니라면 아무도 실마리를 잡지 못했을 것이다.

램버스의 저지대에 있는 핀친 가에는 벽돌로 쌓은 허름한 이층집들이나란히 늘어서 있었다. 나는 3번지에 사는 사람을 깨우기 위해 문을 두드렸다. 그러자 한참만에야 덧문 너머로 촛불이 비치더니 2층 창으로 누군가가 얼굴을 내밀며 소리쳤다.

"그만둬, 이 떠돌이 주정뱅이야! 자꾸 소란 피우면 개집 문을 열어서 마흔세 마리 개가 한꺼번에 덤벼들게 할 테다!"

"한 마리만 내주시면 제 용건은 끝입니다."

내가 말했다.

"시끄러! 이 자루 안에는 걸레가 들어 있다. 빨리 꺼지지 않으면 이걸 네 녀석 머리 위로 던져 주지!"

"아니, 저한텐 개가 필요합니다."

내가 외쳤다.

"아무렴 어때? 썩 꺼져 버려! 셋을 센 다음엔 걸레를 던져 줄 테다!"

셔먼이 고래고래 소리를 질렀다.

"셜록 홈즈가……."

내가 던진 이 한마디는 멋진 마술 같은 효과를 발휘했다. 그 순간 창이 힘차게 닫히더니 1분도 지나지 않아서 빗장이 벗겨지고 문이 열렸다. 셔먼은 마르고 목 주위에 핏줄이 불거져 나왔으며 등이 약간 구부정하고 체형은 길쭉한 노인이었다. 그는 푸른빛이 도는 안경을 끼고 있었다.

"셜록 홈즈의 친구라면 언제든지 환영이지. 어서 들어오게. 사람을 물려고 덤벼드니 오소리 곁으로는 가지 말고. 어허, 이 장난꾸러기 녀석. 이 신사분께 매달리려는 게냐?"

노인은 우리 창살 사이로 밉살맞은 머리와 빨간 눈을 내민 담비에게 말을 건넸다.

"그 녀석은 걱정하지 않아도 된다오. 그저 다리 없는 도마뱀이거든. 송곳니가 없어서 그냥 방에 풀어 놓고 기르지. 바퀴벌레를 잡아먹는다네. 아까 소리친 일은 마음에 두지 말게. 동네 꼬맹이들이 늘 장난을 치는 바람에. 게다가 어떤 놈들은 이 골목까지 떼로 몰려와서 나를 깨우지. 그런데 이 밤중에 셜록 홈즈는 무슨 일로 날 깨우라고 한 겐가?"

"댁의 개가 필요하다고 합니다."

"아, 토비를 말하는구면."

"네, 토비라고 했어요."

"토비는 왼쪽에서 일곱 번째 우리에 있지."

셔먼 노인은 촛불을 손에 들고 기묘한 동물 가족들 사이를 천천히 비집고 나갔다. 엷고 흐릿한 불빛 속으로, 모든 틈과 구석에서 힐끗힐끗 이쪽을 살피는 흐릿하게 빛나는 눈빛들이 보였다. 머리 위에 있는 서까래에도 새들이 점잔을 빼고 나란히 앉아 있었다. 우리가 나누는 이야기 소리에 잠이 깨었는지 새들은 귀찮다는 듯이 한쪽 다리에서 반대쪽 다리로 몸의 중심을 옮기곤 했다.

토비는 털이 길고 귀가 축 늘어진 못생긴 개였다. 스패니얼과 러처가 반씩 섞인 잡종으로, 갈색과 흰색이 섞여 있었는데 뒤뚱뒤뚱하는 걸음걸이는 어딘지 불안해서 믿음직스럽지 못했다. 늙은 박제사에게 각설탕을 받아 개에게 주었더니 한동안 망설이다 받아먹었다. 이렇게 친해진 뒤에는 내 뒤를 졸졸 따라 나오더니 조금도 싫어하는 기색 없이 나와 함께 마차에 올랐다.

수정궁[12]의 시계가 정확히 새벽 3시를 알릴 때 폰디체리 저택으로 되

---

12) 1851년 영국 런던에서 개최된 만국 박람회가 개최된 건물. 철골과 우리로 만든 것으로, 근대 건축의 효시라 볼 수 있다. 그러나 1936년에 불이 나 전소됐다.

돌아왔다. 원래 권투 선수였던 맥머도도 공범으로 체포되어 숄토와 함께 경찰서로 끌려갔다는 말을 들었다. 좁은 문 앞에 경관 둘이 경비를 서고 있었는데 내가 애설니 존스의 이름을 대자 개와 함께 안으로 들여보내 주었다.

홈즈는 두 손을 주머니에 넣은 채 담배를 피우며 입구의 계단 위에 서 있다가 나를 보고 말했다.

"아, 데리고 왔나? 그동안 잘 있었니? 그래, 그래! 애설니는 이미 돌아가고 없다네. 자네가 출발한 뒤에 한바탕 소동이 벌어졌지. 존스가 새디어스뿐만 아니라 문지기, 가정부, 인도인 하인까지 모조리 체포해 버렸거든. 2층에 있는 경위만 없다면 여기엔 이제 우리밖에 없어. 어쨌든 개는 여기에 두고 함께 2층으로 올라가세."

우리는 토비를 거실 테이블에 묶어 놓고 다시 계단 위로 올라갔다. 시체에 천을 씌워 놓은 것만 빼면 방은 전과 조금도 바뀐 점이 없었다. 경위는 피곤한 얼굴로 구석 벽에 기대 서 있었다.

홈즈가 말했다.

"이보시오 경위, 램프 좀 잠깐 빌립시다. 그리고 왓슨, 이 램프가 내 가슴에 오도록 목 뒤에서 묶어 주게나. 고맙네. 자, 구두와 양말을 벗어야지. 벗어 놓은 건 밑으로 가져가 주게. 나는 잠깐 위로 올라가 봐야겠어. 아, 그 전에 이 손수건에 크레오소트를 묻혀 주겠나? 좋아, 그 정도면 됐어. 자, 잠깐 같이 다락방으로 올라가세."

우리는 구멍으로 기어올랐다. 홈즈는 먼지 위에 찍힌 발자국을 다시 한 번 램프로 비춰 보았다.

"이 발자국을 자세히 살펴보게. 뭔가 특이한 점이 없나?"

홈즈가 말했다.

"어린아이나 몸집이 작은 여자의 발자국이 아닌가?"

"아니, 크기는 그렇다 치고 다른 특이한 점은 없나?"

"글쎄, 다른 발자국과 크게 다르지 않은 듯한데."

"아니, 아주 큰 차이가 있네. 여길 보게. 이 먼지 위에 찍힌 건 오른쪽 발자국이야. 그 옆에 내 발자국을 찍어 보겠네. 어떤 점이 다른가?"

"자네 발자국에서는 발가락이 전부 붙어 있는데 이쪽 건 발가락이 하나하나 떨어져 있어."

"바로 그걸세. 그게 중요한 점일세. 잘 기억해 두게. 이번에는 저 들창이 있는 곳으로 가서 목재 끝 부분의 냄새를 맡아 보겠나? 나는 이 손수건을 들고 있으니 그냥 여기에 있겠네."

홈즈가 말한 대로 하자 나는 곧바로 강한 타르 냄새를 맡을 수 있었다.

"바로 거기가 범인이 나갈 때 밟은 곳이지. 자네가 냄새를 맡을 수 있을 정도니 토비에게는 식은 죽 먹기야. 자, 서둘러 토비를 데리고 정원으로 가서 녀석의 놀라운 실력을 마음껏 감상하도록 하게나."

내가 정원으로 나섰을 때 셜록 홈즈는 지붕 위에 올라가 있었다. 그는 목에 램프를 달고 있어서 움직일 때마다 흔들흔들 빛나는 것이 마치 거대한 반딧불 같았다. 그 반딧불은 굴뚝 뒤쪽으로 사라졌다가 다시 나타나더니 다시 한 번 반대편으로 사라졌다. 내가 집 뒤쪽으로 돌아갔더니 그가 처마 끝 모서리에 앉는 것이 보였다. 홈즈가 외쳤다.

"왓슨인가?"

"그래, 날세."

"여기로 내려갔네. 그 밑에 검은 건 뭐지?"

"물통일세."

"뚜껑으로 덮여 있나?"

"그렇다네."

"근처에 사다리는 없나?"

"안 보이는데."

"쥐새끼 같은 녀석! 이런 위험한 곳을 고르다니. 하지만 녀석이 했으니 내가 내려가지 못할 것도 없겠지. 배수관은 튼튼해 보이는군. 좋아, 어쨌든 내려가 보지."

발을 끄는 소리가 들리더니 램프가 벽을 타고 천천히 내려오기 시작했다. 이내 홈즈가 통 위로 가볍게 뛰어내리더니 다시 지면으로 내려왔다.

양말과 구두를 신으며 홈즈가 말했다.

"녀석의 뒤를 쫓는 건 아주 간단했다네. 녀석이 밟은 곳마다 기왓장이 죽 밀려 있었고, 너무 서둘렀는지 이런 걸 떨어뜨렸어. 자네 같은 의사들의 표현을 빌리자면 이걸로 내 진단이 확인됐다고 말할 수 있겠지."

그가 내민 것은 염색한 풀로 짠 조그만 지갑 아니면 주머니처럼 생긴 것으로 주위에 요란한 염주알들이 붙어 있었다. 모양과 크기로 봐서 담배 상자와 비슷한 구석이 있었는데 안에는 검은 나무로 만든 가시 같은 것이 대여섯 개 들어 있었다. 바솔로뮤 숄토의 머리에 꽂혀 있던 침과 똑같이 한쪽 끝은 날카로우며 뾰족했고 또 다른 한쪽은 둥그스름했다.

홈즈가 말했다.

"흉측한 물건이야. 찔리지 않도록 조심하게. 이걸 주워서 정말 다행이군. 녀석이 가지고 있는 건 이게 전부일 테니 말일세. 자네나 내가 이런 거에 찔릴 위험이 사라졌다는 소리지. 여기에 찔리느니 차라리 마티니 총알을 맞는 편이 나을 걸세. 그건 그렇고, 왓슨. 자네 지금부터 10킬로미터 정도 터벅터벅 걸어갈 수 있겠나?"

"물론이지."

내가 대답했다.

"자네 다리가 버틸 수 있을까?"

"문제없네."

"자, 토비! 착하지? 냄새를 맡아 봐. 냄새가 나지?"

홈즈가 크레오소트를 묻힌 손수건을 개의 코끝에 내밀었다. 개는 부드러운 털로 덮인 두 다리로 떡 버티고 서서 유명한 포도주 냄새를 맡는 감식가처럼 그럴 듯하게, 혹은 어딘지 우스꽝스럽게 머리를 갸우뚱했다. 홈즈는 그 손수건을 멀리 던진 뒤, 개목걸이에 튼튼한 줄을 묶어 그 개를 물통이 있는 곳으로 데리고 갔다. 순간 개는 날카롭고 높게 떨리는 소리로 한바탕 짖어 대더니 곧 지면에 코를 대고 꼬리를 곧추세운 채 재빨리 달려 나가기 시작했다. 줄이 팽팽하게 당겨져서 우리는 전속력으로 달려야만 했다.

동쪽 하늘이 점점 희부옇게 밝아 오자 우리는 차가운 회색빛 속에서 꽤 멀리까지 바라볼 수 있었다. 뒤쪽으로는 새까맣고 공허한 창이 그대로 드러난, 육중하고 네모진 집이 슬프고 쓸쓸한 빛을 띤 채 솟아 있었다. 우리는 여기저기 파헤쳐진 도랑과 구멍 사이를 빠져나가면서 이 상처투성이 정원을 쏜살같이 가로질렀다. 정원에는 여기저기 진흙더미가 쌓여 있었으며 제대로 자라지 못한 관목들이 서 있었다. 게다가 이 집을 둘러싼 어두운 비극과 맞물려 정원은 더욱 황량하고 불길하게 느껴졌다.

정원 끝 벽까지 온 토비는 부지런히 킁킁거리며 이리저리 뛰어다니더니 결국에는 어린 너도밤나무가 있는 구석에서 멈춰 섰다. 두 개의 벽이 만난 그곳에는 벽돌 몇 장이 빠져 있었는데 빈틈의 아랫부분이 둥그렇게 닳아 있었다. 평소에 사다리 대신으로 쓰고 있었던 것 같았다. 그곳으로 기어오른 홈즈는 내게 토비를 받아 반대편에 내려놓았다.

내가 옆으로 기어오르자 홈즈가 말했다.

"의족을 한 사내의 손자국일세. 하얀 회벽 위에 희미하게 핏자국이 보이지? 어제부터 비가 많이 오지 않아서 다행이로군! 녀석들이 도망간 지 28시간 정도 지났을 테지만 도로에는 아직도 냄새가 남아 있을 걸세."

솔직히 말하면 나는 그 사이에 런던의 도로를 지나갔을 교통량을 생각하고 의심을 품지 않을 수 없었다. 하지만 나는 곧 쓸데없는 걱정을 했다는 사실을 깨달았다. 토비는 망설이거나 헤매지 않고, 그 넘어질 듯한 우스꽝스러운 걸음걸이로 거침없이 나아갔다. 크레오소트의 코를 찌르는 듯한 냄새는 다른 어떤 냄새보다도 강렬한 모양이었다.

"왓슨, 범인 중 한 명이 운 좋게 크레오소트를 밟았다는 사실 하나만으로 내가 이 사건의 수사를 진행하고 있다고 생각하지는 말게. 범인을 쫓을 방법이라면 이것 말고도 아직 얼마든지 알고 있으니까. 하지만 이게 가장 손쉽고 빠른 방법이라네. 그리고 이건 행운의 여신이 우리에게 준 선물이니 그걸 버린다면 천벌을 받을 걸세. 덕분에 처음에는 좀 더 머리를 써야 하는 재미있는 사건인 줄 알았는데 의외로 일이 재미없어졌어. 이렇게 명백한 증거만 없었다면 나도 조금은 이름을 떨칠 수 있었을 텐데."

"아니, 이름은 충분히 떨쳤다네. 정말일세, 홈즈. 자네가 이번 사건에서 차근차근 문제를 풀어 가는 방법을 보고 나는 놀라지 않을 수 없었네. 제퍼슨 호프 살인 사건 때보다도 더 놀랐어. 내게는 이번 사건이 훨씬 더 복잡하고 의문투성이인 것처럼 보이거든. 의족을 한 사내만 해도 그렇지. 어떻게 그렇게 자신감을 가지고 특징을 설명할 수 있었지?"

"이봐, 자네 지금 무슨 소리하는 건가? 그런 건 아주 간단한 일일세. 난 입에 발린 소리는 별로 좋아하지 않아. 그 모든 게 누가 봐도 알 수 있는 명확한 사실 아닌가? 죄수 경비대를 지휘하는 두 장교가 숨겨 둔 보물에 관한 중대한 비밀을 알아냈네. 그 두 사람을 위해서 조너선 스몰이라는 영국인이 지도를 그렸지. 그 이름이 모스턴 대위가 가지고 있던 지도에 적혀 있었던 사실은 자네도 기억하고 있겠지? 그는 자신과 친구를 위해서 거기에 서명을 했네. 좀 멋을 내서 '네 개의 서명'이라고 적었지. 그 지도 덕분에 두 장교, 아니면 그중 한 명이 보물을 손에 넣어 영국으로 가지고 돌아왔네. 아마도 지도를 받기 전에 스몰과 맺은 약속을 지키지 않았겠지. 그렇다면 조너선 스몰은 어째서 자기가 직접 보물을 찾지 않았을까? 답은 분명하네. 지도에는 모스턴이 죄수들과 밀접한 관계를 갖게 된 날짜가 기록되어 있네. 조너선 스몰이 보물을 자기 손에 넣지 못했던 것은 그와 동료들이 모두 죄수라서 도망갈 수 없었기 때문이었지."

"하지만 그건 추측에 지나지 않은가?"

내가 말했다.

"아니, 단순한 추측이 아닐세. 그렇게 생각해야만 비로소 모든 사실을 설명할 수 있다네. 그 뒤에 일어난 여러 가지 정황과 얼마나 잘 맞아떨어지는지 생각해 보게. 숄토 소령은 혼자 보물을 차지하고 몇 년 동안 만족스럽고 평화로운 생활을 누렸어. 그러던 그가 인도에서 온 편지 한 통을 받고 커다란 공포에 휩싸였네. 그 편지의 내용은 무엇이었을까?"

"소령에게 배신당한 사람들이 석방되었다는 편지였겠지."

"아니면 탈옥을 했을 수도 있네. 사실, 가능성은 이쪽이 더 높지. 소령은 그 사람들의 형기를 알고 있었을 테니 형기를 다 마치고 풀려났다는 편지였다면 그렇게 놀랄 필요는 없었을 거야. 이후에 소령은 어떻게 했나? 의족을 한 남자를 경계하게 됐지. 그는 백인일세. 왜냐하면 소령은 백인 상인을 그 사내로 잘못 보고 실제로 권총을 쏘았으니까. 그런데 지도에 백인의 이름은 하나밖에 없어. 나머지는 전부 인도인이나 회교도인일 거야. 백인은 조너선 스몰 하나뿐이었을 테니 의족을 한 백인 남자가 바로 그 사내라고 단언할 수 있다네. 이 추리에 이상한 부분이 있나?"

"아주 명확하고 알기 쉽네."

"자, 이번에는 조너선 스몰의 입장에서 생각해 보세. 그는 두 가지 목적을 가지고 영국으로 돌아왔네. 첫 번째는 자기에게도 권리가 있다고 믿는 물건을 되찾는 것이고 두 번째는 배신자에게 복수를 하겠다는 것이었지. 그는 곧바로 숄토 소령의 주소를 알아냈고, 집안사람 누군가와 친분을 맺었을 걸세. 아직 만나 보지 못했지만 랄 라오라는 집사가 있다는데 그 사람이 좀 수상하네. 번스턴 부인도 그가 그리 좋은 사람이 아니라고 말했네. 하지만 스몰은 보물을 어디에 숨겨 놓았는지 알지 못했을 걸세. 소령과 지금은 죽고 없는 충직한 하인 말고 그곳을 아는 사람은 아무도 없었으니까.

 그러던 중 스몰은 갑자기 소령이 죽음을 눈앞에 두었다는 소식을 들었네. 소령과 함께 보물의 비밀까지 영원히 묻혀 버릴지도 모른다고 생각한 스몰은 완전히 제정신을 잃고 위험을 감수하면서까지 엄격한 경비를 뚫고 들어왔지. 그는 사경을 헤매는 환자의 방 창가로 다가갔지만 두 아들이 옆을 지키고 있었기 때문에 방에는 들어가지 못했네. 하지만 스몰은 죽은 사람에 대한 원한 때문에 거의 반미치광이가 되어 마침내 그 날 밤에 방으로 숨어들어 보물에 관한 기록이라도 찾아내려고 서류들을 뒤졌어. 하지만 결국에는 아무것도 찾아내지 못했고, 그는 마지막으로 자신이 다녀갔다는 사실을 알리기 위해서 종이에 짧은 글을 써 놓았지.

 아마도 예전부터 스몰은 소령을 죽이게 되면 그런 글을 시체 위에 남겨서 단순한 살인이 아니라는 사실을 알리겠다고 마음먹고 있었을 거야. 네 사람의 입장에서 보면 그건 하나의 응징일 테니까. 범죄사에서 이처럼 별나고 특이한 행동은 아주 흔한데 이는 언제나 범인을 알게 해 주는 귀중한 단서가 되지. 여기까지는 무슨 소리인지 알겠는가?"

 "알다마다. 아주 확실하게 알았네."

 "자, 그 다음에 조너선 스몰은 어떻게 했을까? 사람들이 혈안이 되어서 보물을 찾는 모습을 몰래 지켜보는 수밖에 없었겠지. 어쩌면 영국을 떠났다가 때때로 돌아와 살펴봤을 수도 있고 말이야. 드디어 지붕 밑 다락방이 발견되고 스몰도 그 소식을 들었네. 이것을 보면 집안에 공범이 있었다는 사실을 알 수 있지. 그런데 조너선은 의족을 하고 있으니 높은 곳에 있는 바솔로뮤의 방까지 오를 수는 없었어. 그래서 그는 곧 기묘한 친구를 데리고 왔지. 한데 그 친구는 어려운 문제를 풀어냈지만 맨발로 크레오소트를 밟고 말았네. 그래서 결국 토비가 등장했고, 아킬레스건을 다쳐서 제대한 군의관 선생이 다리를 절름거리며 10킬로미터나 되는 거리를 추적하게 된 걸세."

"그렇다면 살인자는 조너선이 아니라 그 친구 아닌가?"

"그렇지. 바솔로뮤를 죽인 것을 보고 스몰은 아주 화를 낸 듯하네. 방에 들어와서 발을 동동 구르며 돌아다닌 흔적이 있어. 바솔로뮤에게는 원한이 없었으니 단지 그를 묶고 재갈을 물리려고만 했지. 스몰도 교수형을 당하고 싶지는 않았을 테니까. 하지만 상황은 이미 어떻게 손을 쓸 도리가 없었네. 친구가 잔인한 본능을 드러내 독침의 위력을 보여줬으니, 조너선 스몰은 '네 개의 서명'이라는 글을 남기고 보물 상자를 갖고 정원으로 내려가 도망쳤지. 여기까지가 이번 사건에 대한 내 추리라네. 물론 그의 인상착의도 어느 정도 짐작은 가. 그는 중년 사내고, 안다만제도처럼 지독하게 더운 곳에서 복역했으니 햇볕에 심하게 탔을 거야. 키는 보폭으로 간단하게 계산해 낼 수 있고, 수염을 길렀다는 사실도 알고 있네. 새디어스 숄토가 창 너머로 그를 봤을 때 수염이 덥수룩했다고 했으니까. 이것 말고 또 다른 게 있을까?"

"공범은?"

"아, 그건 그리 까다롭지 않네. 뭐 대단한 비밀 같은 것은 없으니 머지않아 자네도 전부 알게 될 걸세. 정말 기분 좋은 아침이야. 공기도 상쾌하고! 저길 좀 보게나. 마치 거대한 홍학의 분홍 깃털 같은 작은 구름이 떠 있지 않은가? 그리고 런던을 둘러싼 구름 둑 위로 붉은 태양이 떠오르고 있군. 수많은 사람들이 저 빛을 받고 있지만 자네나 나만큼 기묘한 일을 맡은 사람은 절대 없을 걸세. 저마다 야심을 가지고 아웅다웅 살아가고 있지만 자연의 위대한 힘 앞에서 인간이란 그 얼마나 작은 존재인가? 자네, 장 파울[13]에 대해서 잘 아나?"

"좀 알지. 칼라일을 읽다가 장 파울까지 알게 되었다네."

"작은 강을 거슬러 올라 수원지인 호수까지 간 셈이로군. 그는 재치 있고 의미 있는 말을 했다네. '인간의 참된 위대함은 자신의 왜소함을 깨닫는 데 있다.'고 말일세. 바로 인간에게는 존귀한 비교 능력과 인식 능력이 있고 그것이 고귀하다고 말하는 것이지. 장 파울의 작품에는 사상의 양식으로 삼을 만한 것들이 가득 담겨 있어. 그런데 자네, 권총은 가져왔나?"

"지팡이가 있네."

"녀석들의 소굴에 도착하면 무기가 필요해질지도 몰라. 조너선 스몰은 자네에게 맡기겠지만 다른 놈이 덤벼들면 총을 쏘겠네."

홈즈는 그렇게 말하면서 권총을 꺼내 탄창에 총탄 두 발 넣은 뒤, 웃옷 오른쪽 주머니에 넣었다.

그러는 동안에도 우리는 토비의 뒤를 따라, 드문드문 주택들이 서 있는 교외의 시골길을 지나서 런던 쪽으로 향하고 있었다. 그리고 곧 집들이 끊임없이 늘어선 거리로 접어들었다. 노동자들과 부두의 인부들이 벌써 일어나 서성거렸고, 아직 몸치장을 못한 여자들이 덧문을 열거나 문 앞을 청소하고 있었다. 지붕이 네모난 골목의 여인숙은 이제 막 문을 열었는데 거칠어 보이는 사내들이 세수를 하고는 소매로 수염을 닦으며 밖으로 나왔다. 그 주변에 있던 낯선 개들이 우리를 신기하게 바라봤다. 하지만 우리의 토비는 때때로 강한 냄새가 날 때마다 코를 킁킁댈 뿐, 다른 곳에 한눈팔지 않고 그저 땅바닥에 코를 대고 앞으로 나아갔다.

---

13) Jean Paul(1763~1825). 독일의 소설가로, 무한한 세계에 대한 동경과 일상생활 사이의 분열을 소재로 한 작품을 썼다.

　우리는 스트레덤, 브릭스턴, 캠버웰을 가로질러 오벌 경기장 동쪽으로
난 길을 빠져나가 케닝턴 거리로 접어들었다. 범인은 사람들의 눈을 피
해서 지그재그로 길을 지난 듯했다. 간선도로와 평행으로 나란히 뻗어
있는 뒷길이 있으면 꼭 뒷길을 택했다.

　케닝턴 거리 막바지에서 범인들은 왼쪽으로 꺾어 들어 본드 가에서
마일드 가 쪽으로 나갔다. 길을 돌아 나이트 광장 쪽으로 접어드는 곳에
이르자 토비는 걸음을 멈추었다. 그리고 한쪽 귀를 쫑긋 세우고 다른 한
쪽 귀는 축 늘어뜨린 채 나아갈 길을 정하지 못하겠다는 듯이 우왕좌왕
했다. 그러더니 한곳을 빙빙 맴돌면서 마치 어려움에 빠졌으니 도와달
라는 듯이 우리를 바라봤다. 홈즈가 중얼거렸다.

　"대체 어떻게 된 거지? 여기서 마차를 잡아탔을 리도 없고, 기구를 타
고 도망쳤을 리도 없는데."

　"여기서 한참 서 있었던 게 아닐까?"

"아, 됐다. 다시 앞으로 나가는군."

홈즈가 안심한 듯 말했다.

그의 말대로 토비는 다시 한 번 킁킁 냄새를 맡으며 주위를 한 바퀴 돌더니 갑자기 마음을 정했는지 맹렬한 기세와 자신감에 넘쳐 달려 나갔다. 냄새가 전보다 더 강해진 듯이 토비는 더 이상 땅바닥에 코를 대지 않고 끈을 팽팽하게 당기며 달려갔다. 홈즈의 반짝이는 눈빛을 보니 이 여행의 목적지에 가까이 왔음을 알 수 있었다.

우리는 나인 엘름 가를 따라 가다가 곧 화이트 이글 술집 앞을 지나 바로 그 앞에 있는 브로데릭 앤 넬슨 회사의 커다란 목재 야적장에 이르렀다. 거기서 개는 미친 듯이 흥분하며 옆문을 통해서 울타리 안으로 들어가 버렸다. 야적장 안에서는 인부들이 벌써 작업을 시작하고 있었다. 개는 톱밥과 대팻밥 사이를 헤집고 골목을 빠져 나갔다. 통로를 돌고, 나무를 쌓아 둔 틈을 비집고 나가더니 드디어 크게 짖어 대며 손수레 위에 있는 커다란 통 위로 뛰어올랐다. 그리고 혀를 내밀고 눈을 반짝이며 통 위에 서서 칭찬해 달라는 듯이 우리 둘의 얼굴을 번갈아 쳐다봤다. 통 뚜껑과 손수레 바퀴는 검은 액체로 더러워져 있었으며 주위에는 크레오소트 냄새가 진동했다. 셜록 홈즈와 나는 어이가 없어서 서로의 얼굴만 쳐다보다가 결국 참지 못하고 동시에 웃음을 터뜨렸다.

8. 베이커 가 소년 탐정단

"어떻게 된 거지? 절대 실수하는 법이 없다던 토비도 완전히 체면을 구겼군."

내가 말하자 홈즈는 이렇게 대답하며 토비를 통에서 내려 목재 야적장 밖으로 데리고 나갔다.

"이 녀석도 나름대로 최선을 다한 거지. 런던에서 하루 동안 얼마나 많은 양의 크레오소트가 운반되고 있는지를 생각하면 어딘가에서 냄새가 섞였다 해도 그다지 놀랄 만한 일은 아니네. 최근 크레오소트는 여러 방면에서 사용되고 있고 특히 목재를 건조할 때 많이 쓰니까 말일세. 토비 잘못은 아니지."

"다시 시작해야겠군."

"그렇지. 하지만 그렇게 멀리까지 되돌아갈 필요는 없으니 다행일세. 토비가 나이트 광장 모퉁이에서 헤맨 건 냄새가 남아 있는 길이 양쪽으로 갈라졌기 때문이었어. 거기에서 길을 잘못 들었으니 이번엔 다른 쪽

길로 가면 되네."

그 일은 아주 간단하게 해결됐다. 방향을 잘못 잡은 곳까지 토비를 데리고 가자 토비는 크게 원을 그리고 냄새를 맡더니 곧 다른 방향을 향해 힘차게 달리기 시작했다.

"혹시 아까 그 크레오소트 통을 싣고 온 곳으로 우리를 데려가지는 않겠지?"

내가 말했다.

"나도 그런 생각을 했네. 하지만 보다시피 토비는 보도를 따라서 죽 나가고 있네. 하지만 통은 차도로 옮겨졌을 테니 이번에는 틀림없이 제대로 따라가는 걸세."

토비는 벨몬트 광장과 프린스 가를 지나 강변으로 향했다. 브로드 가가 끝나고 강가가 시작되는 곳에 나무로 만든 조그만 선착장이 있었다. 토비는 우리 앞에 서서 선착장 끝까지 가더니 거기에 멈춰 서서 검은 강물의 흐름을 바라보며 슬프다는 듯이 코를 킁킁댔다.

"운이 없군. 녀석들이 여기서 배를 탔나 봐."

홈즈가 말했다.

물가로 난 선착장에는 조그만 나룻배와 돛단배 대여섯 척이 묶여 있었다. 우리는 토비를 배가 있는 곳으로 데려가 한 척씩 냄새를 맡게 했고 토비는 열심히 냄새를 맡았지만 신통한 반응을 보이지 않았다.

허술한 선착장 바로 옆에 작은 벽돌집이 있었는데 2층 창가에 나무 간판이 걸려 있었다. '모드케이 스미스'라는 큰 글씨 아래로 '하루 또는 시간 단위로 배를 빌려 드립니다.'라고 쓰여 있었다. 문 위에 달린 또 다른 간판에 소형 증기선도 있다고 적혀 있었는데 그래서인지 선착장 한쪽 구석에 석탄이 산더미처럼 쌓여 있었다. 셜록 홈즈는 아무 말 없이 어두운 얼굴로 주위를 둘러보며 말했다.

"상황이 별로 좋지가 않군. 내 생각보다 더 빈틈없는 녀석들이야. 아무래도 뒤를 놓친 것 같아. 도주로를 은폐하기 위해 사전에 치밀한 각본을 짜놓고 여기에 미리 배를 준비해 둔 모양이야."

그가 집 문 쪽으로 막 다가가려던 순간, 갑자기 문이 열리더니 여섯 살 정도 된 곱슬머리 사내아이가 뛰쳐나왔다. 그리고 그 뒤를 쫓아서 뚱뚱하고 얼굴이 불그스름한 여자가 커다란 스펀지를 손에 든 채 나타나 소리쳤다.

"이리 와서 씻지 못해? 잭, 이 말썽꾸러기 녀석 같으니라고! 얼른 이리 안 와? 아버지가 오셔서 그 더러운 꼴을 보면 그냥 계시지 않을 거다."

"이봐, 꼬마야! 볼이 발그스름한 게 아주 귀엽구나. 뭐 갖고 싶은 건 없니, 잭?"

무슨 생각이 떠올랐는지 홈즈가 아이에게 물었다. 아이는 잠시 생각하더니 말했다.

"1실링."

"더 갖고 싶은 건 없니?"

장난꾸러기 꼬마가 한동안 생각하다 대답했다.

"2실링!"

"자, 여기 있다. 꼭 쥐어야지! 씩씩한 아이네요, 스미스 부인."

"아휴, 고맙습니다, 선생님. 씩씩해도 너무 씩씩해서 탈이죠. 이제 저혼자서는 감당할 수가 없어요. 특히 남편이 며칠씩 집을 비울 때는요."

"집을 비웠다고요? 이거 참 큰일 났군. 스미스 씨와 이야기하고 싶어서 온 건데."

홈즈가 실망한 목소리로 말했다.

"어제 새벽에 나갔는데 여태 들어오지 않아서 사실 저도 조금 걱정이 되던 참이었어요. 하지만 배 이야기라면 제게 하셔도 돼요."

"증기선을 빌리고 싶은데요."

"이를 어쩌나. 그건 마침 우리 남편이 타고 나갔는데. 그것 때문에 제 가 지금 걱정하고 있지요. 그 배에 실린 석탄은 고작해야 울리치까지 갔 다 올 수 있을 정도거든요. 나룻배로 간 거라면 이렇게 걱정하지 않아도 될 텐데. 일 때문에 그레이브샌드까지는 자주 가기도 하고, 일이 다 끝나 지 않으면 거기서 묵고 오기도 하니까요. 하지만 석탄이 다 떨어진 증기 선으로 뭘 어쩌겠어요?"

"강 하류에 있는 선착장에서 석탄을 살 수도 있잖습니까."

"그럴 수도 있겠죠. 하지만 남편은 거기서 안 사요. 겨우 두세 자루에 돈을 얼마나 더 받아먹는 거냐며 곧잘 화를 냈거든요. 게다가 전 의족을 한 그 남자가 정말 싫어요. 얼굴도 밉살맞고 외국어가 섞인 괴상한 말투하며 영 마음에 들지가 않아요. 도대체 무슨 심보로 늘 이곳을 어슬렁대는 건지 모르겠어요."

"의족을 한 남자라고요?"

홈즈가 조금 놀란 척하는 표정을 지으며 말했다.

"그렇다니까요. 햇볕에 탄 원숭이 닮은 사람인데 몇 번이고 여길 찾아왔어요. 지난밤에 남편을 깨운 것도 그 사람이었죠. 근데 남편도 그 사람이 올 줄 미리 알고 있었나 봐요. 배 시동을 켜두고 언제라도 출발할 수 있도록 준비하고 있었으니까요. 솔직히 말하면 그게 자꾸 마음에 걸려서 견딜 수가 없어요."

"하지만, 부인. 별것도 아닌 일로 지레 걱정하시는 건 아닌가요? 지난밤에 왔던 사람이 꼭 의족을 한 남자라는 보장도 없잖습니까. 어떻게 그렇게 확신하십니까? 무슨 이유라도 있나요?"

홈즈가 어깨를 으쓱하며 말했다.

"목소리죠. 목소리를 들으면 알 수 있어요. 한 3시쯤 되었을까? 탁하고 걸걸한 그 목소리로 창을 두드리면서 '이봐, 일어나게. 이제 슬슬 나가야할 시간일세.'라고 했거든요. 남편은 짐, 그러니까 우리 큰아들을 깨워서 내게는 한마디도 않고 밖으로 나갔어요. 의족이 돌 위에 부딪치는 소리를 이 귀로 똑똑히 들었답니다."

"그런데 의족을 한 사내는 혼자 왔습니까?"

"그건 잘 모르겠는데요. 다른 사람 목소리나 발소리는 듣지 못했으니까요."

"그건 그렇고 제가 한발 늦었군요, 부인. 저도 증기선을 빌리려고 온 건데. 댁의 증기선이 꽤 좋다는 이야기를 들었거든요. 참, 그 증기선 이름이 뭐였죠?"

"오로라 호예요."

"아, 맞아! 폭이 넓고 녹색 바탕에 노란색 줄무늬가 있는 낡은 증기선이지요?"

"아니요. 이 강에서는 좀처럼 볼 수 없는 세련된 배예요. 새로 칠한 지도 얼마 안 됐어요. 검은 바탕에 빨간 선 두 줄이 그어져 있는 거랍니다."

"고맙습니다. 그리고 곧 남편에게서 소식이 올 겁니다. 저도 지금부터 강을 따라 내려갈 테니 도중에 오로라 호를 보면 부인이 걱정하고 있다는 말을 전해 드리죠. 굴뚝은 검정색이라고 하셨던가요?"

"아니요. 검은 바탕에 하얀 줄이 있어요."

"맞아, 맞아. 선체가 검다고 했지. 스미스 부인, 그럼 안녕히 계세요. 왓슨, 저쪽 나룻배에 사공이 있군. 저걸로 강을 건너세."

나룻배에 올라타자 홈즈가 다시 말을 이었다.

"저런 사람들과 이야기를 할 때는, 그 사람들의 말이 중요하다는 인상을 심어 주면 안 되네. 그런 인상을 조금이라도 받으면 바로 조개처럼 입을 굳게 닫아 버리거든. 그냥 별 관심 없이 묻는 것처럼 하면 원하는 이야기는 들을 수 있다네."

"이제 우리가 할 일이 무엇인지 확실히 알 것 같군."

"그래? 자네 생각은 뭔가?"

"증기선을 한 척 빌려서 오로라 호를 뒤쫓아야지."

"이 친구 보게. 그건 그렇게 쉬운 일이 아니야. 오로라 호는 여기서부터 그리니치 사이에 정박해 있을 거야. 그리고 다리를 지나면 몇 킬로미터에 걸쳐서 선착장이 무수히 많아 미로와 다름이 없지. 자네 혼자 나선 다면 전부 돌아보는 것만 해도 며칠은 걸릴 거야."

"그럼 경찰에 협조를 요청해야지."

"아니, 그건 안 되네. 나는 마지막 순간에야 애설니 존스를 부를 생각일세. 나쁜 사람도 아니고, 일 때문에 자존심에 상처를 받도록 할 수는 없지. 그리고 이왕 여기까지 왔으니 나는 혼자 힘으로 사건을 해결하고 싶네."

"그럼 선착장 주인들에게 정보를 제공해 달라는 광고를 신문에 실으면 어떻겠나?"

"그건 더 좋지 않은 방법일세! 바로 뒤까지 추적해 온 사람이 있다는 사실을 알면 녀석들은 외국으로 도망가 버릴 테니까. 지금도 그럴 가능성은 있지만 자신들이 안전하다고 생각하는 동안에는 그렇게 서두르지 않을 거야. 그런 점에서 존스의 활약은 우리에게 도움이 돼. 이번 사건에 대한 그의 의견은 반드시 신문에 실릴 테고, 도망자들은 경찰이 엉뚱한 방향으로 수사를 한다고 생각하고 마음을 놓을 테니까."

"그럼 이제 어떻게 할 생각인가?"

밀뱅크 교도소 근처에서 뭍으로 올라오면서 내가 물었다.

"여기 이 마차를 타고 집으로 가서 아침을 먹고 한 시간 정도 눈을 붙여야지. 오늘도 밤을 새워야 할지 모르니까. 마부, 우체국 앞에서 잠깐 세워 주게. 앞으로도 도움을 받을 수 있으니 토비는 우리가 데려가세."

그레이트 피터 가 우체국 앞에 마차를 세우고 홈즈는 전보를 쳤다.

"자넨 내가 누구에게 전보를 쳤다고 생각하나?"

마차가 다시 달리기 시작하자 홈즈가 말했다.

"글세, 잘 모르겠는데."

"베이커 가 소년 탐정단을 기억하고 있겠지? 제퍼슨 호프 사건이 있었을 때 내가 고용했던 녀석들 말이네."

"아, 그 녀석들."

이렇게 말한 나는 웃음을 터뜨리고 말았다.

"이번 사건에서는 그 친구들이 도움을 줄 걸세. 실패한다 해도 다른 방법은 또 있겠지만 우선은 그 애들에게 시켜 볼 생각이네. 전보는 땟국물이 줄줄 흐르는 꼬마 대장 위긴스에게 보냈네. 그러니 우리가 아침 식사를 마칠 때쯤이면 위긴스와 그 부하들이 들이닥칠 걸세."

시곗바늘은 아침 8시와 9시 사이를 가리키고 있었다. 전날 밤에 계속 긴장 상태에 있어서인지 몸과 마음이 완전히 지쳐서 머리가 멍하고 손가락 하나 까딱할 힘조차 없었다. 나는 홈즈처럼 전문가로서의 열정도 없었고, 사건을 그저 추상적이고 지적인 문제로 볼 수만도 없었다. 바솔로뮤 숄토의 죽음에 관해서도, 그에 대한 좋은 소문은 듣지 못했기 때문인지 범인들에게 그다지 강한 분노를 느낄 수가 없었다. 하지만 보물에 대해서만큼은 이야기가 달랐다. 적어도 보물의 일부는 당연히 모스턴 양의 몫이었다. 그것을 되찾을 기회가 있는 한, 나는 그 목적 하나만을 위해 목숨까지 바칠 각오까지 하고 있었다. 보물을 찾아온다면 당연히 그녀는 영원히 내 손이 닿을 수 없는 존재가 될 것이었다. 하지만 그 사실에 휘둘려 내 사랑을 보잘것없고 이기적인 것으로 만들어 버리고 싶지는 않았다. 홈즈가 범인을 잡기 위해 일한다면, 내게는 온 힘을 다해 보물을 찾아내야 할, 열 배는 더 강한 이유가 있었다.

베이커 가로 돌아와 샤워를 하고 옷을 갈아입자 새로운 힘이 솟는 듯했다. 계단 밑에 있는 방으로 가 보니 벌써 아침 식사가 준비되어 있었고 홈즈는 커피를 따르고 있었다. 홈즈가 웃음 띤 얼굴로 펼쳐 둔 신문을 가리키며 말했다.

"이걸 좀 보게나. 그 의욕 넘치는 형사 존스와 신출귀몰하는 신문기자들이 이런 이야기를 지어 냈네. 하지만 그 사건이라면 자네도 이제 넌덜머리가 날 테니 우선은 식사부터 하는 게 나을 걸세."

나는 홈즈에게 신문을 받아 〈어퍼 노우드의 기이한 사건〉이라는 표제어가 붙은 짧은 기사를 읽었다.

((〈스탠다드〉에 쓰여 있기로는) 어젯밤 12시경, 어퍼 노우드의 폰디체리 저택에 사는 바솔로뮤 숄토가 자신의 방에서 시신으로 발견됐다. 현장 상황으로 보아 타살일 가능성이 높아 보인다. 지금까지 밝혀진 바에 따르면, 시신에 특별한 외상은 없었으나 부친에게 상속받은 인도의 값비싼 보석류가 없어졌다고 한다.

처음 시신을 발견한 것은 고인의 동생인 새디어스 숄토 씨, 그리고 함께 저택을 방문했던 셜록 홈즈 씨와 왓슨 의학박사다. 다행스럽게도 경찰 형사부의 고명한 애셜니 존스 씨가 때마침 노우드 경찰서에 들렀다가, 사건 소식을 듣고 채 30분도 지나지 않아 현장으로 급히 달려갔다. 애셜니 형사는 훈련과 경험에서 얻은 기량을 발휘하여 수사를 시작했고, 피살자의 동생인 새디어스 숄토를 비롯해 가정부 번스턴 부인, 인도인 집사 랄 라오, 문지기인 맥머도를 체포했다.

아주 명백하게도 범인들은 저택의 내부 구조를 잘 알고 있었다. 존스 씨는 전문적인 지식과 날카로운 관찰력으로 범인은 문이나 창을 통해서 침입한 것이 아니라 지붕을 타고 넘어와 천장을 통해서 시신이 발견된 방으로 숨어들었다는 사실을 밝혀냈다. 이것을 보면 이번 사건이 우발적으로 발생한 강도 사건이 아님을 알 수 있다. 이처럼 신속하고 힘에 넘친 경찰의 활동을 보면 열정과 능력을 갖춘 뛰어난 인물이 현장 가까운 곳에 있다는 사실이 얼마나 큰 이점인지 알 수 있다.

이번 사건은, 경찰 수사력을 더욱 분권화하여 경찰들이 자기 임무인 사건을 더 치밀하고 효과적으로 수사할 수 있도록 해야 한다고 주장하는 사람들에게 좋은 근거가 될 것이다.

"참으로 훌륭한 인물이 나타나지 않았나? 자네 생각은 어떤가?"

홈즈가 커피를 마시고 빙긋 웃어 보인 뒤 말했다.

"하마터면 우리까지 체포될 뻔했군."

"그러게 말이야. 그가 다시 한 번 그때의 여세를 몰아서 우리 앞에 나타나면 우리 안전도 보장할 수 없을 걸세."

바로 그때 벨소리가 요란스럽게 울리더니, 하숙집 주인인 허드슨 부인이 주저하면서도 누군가를 야단치는 듯한 날카로운 목소리가 들렸다.

"큰일일세, 홈즈. 녀석들이 정말 우리를 잡으려고 들이닥쳤나 본데."

내가 엉거주춤 일어나며 말했다.

"그렇게 허둥댈 것 없네. 저건 사설 탐정단이야. 베이커 가 소년 탐정단이라고."

홈즈의 말이 채 끝나기도 전에 맨발로 계단을 쿵쾅대며 오르는 소리와 웅성웅성 떠들어 대는 소리가 들리더니, 누더기를 걸친 꼬질꼬질한 부랑아 열두 명 정도가 쏟아져 들어왔다. 왁자지껄 들어왔지만 그들 사이에도 규율 같은 것이 존재하는지 곧 우리 앞에 한 줄로 길게 늘어서서 기대 섞인 얼굴로 우리를 쳐다보았다. 그렇게 너저분한 꼬마 무리 사이에서 나이가 가장 많아 보이는 키 큰 소년이 우쭐하는 태도로 앞으로 한 발 나섰다. 그 모습이 몹시 우스꽝스럽기 짝이 없었다.

"전보를 받자마자 모두 데리고 왔습니다. 그쪽도 준비시켜 놓았고 표 값은 3실링 6펜스입니다."

"자, 여기 있다."

홈즈가 주머니에서 은화를 꺼내 주며 말했다.

"위긴스, 앞으로는 네가 모두에게 보고를 받고 그걸 나에게 보고할 때는 너 혼자 오도록. 이렇게 한꺼번에 와자지껄 몰려들지 말고. 하지만 이렇게 모두 모인 자리에서 명령을 내리는 것도 괜찮겠지. 오로라 호라는 증기선이 어디에 있는지 알고 싶다. 선주의 이름은 모드케이 스미스, 선체는 검은색 바탕에 붉은 줄이 두 개, 굴뚝은 검은 바탕에 흰 줄이 하나 들어가 있다. 템스 강 하류 어딘가에 있을 거다. 누구라도 좋으니 한 명은 밀뱅크 교도소 건너편에 있는 모드케이 스미스 선착장에 있다가 배가 돌아오는 즉시 연락을 주도록. 나머지는 두 패로 나눠서 양쪽 기슭을 철저하게 찾아보고. 무슨 일이 있으면 바로 연락 주기 바란다. 알겠나?"

"네, 알겠습니다."

위긴스가 말했다.

"보수는 평소와 똑같다. 증기선을 찾아내는 녀석에게는 따로 1기니를 더 주겠다. 오늘 품값은 선불로 주마. 그럼, 출동!"

홈즈가 모두에게 1실링을 쥐어 주자 그들은 시끌벅적 떠들며 계단 밑으로 내려갔고, 아이들은 곧 거리로 쏟아져 나갔다.

홈즈가 식탁에서 일어나 파이프에 불을 붙이며 말했다.

"배가 가라앉지만 않았다면 틀림없이 찾아낼 걸세. 저 녀석들이라면 어디에나 들어가서, 무엇이든 보고, 무엇이든 들을 수 있으니까. 저녁 안으로 배를 발견했다고 연락이 올 걸세. 우린 그동안 기다리고만 있으면 돼. 오로라 호나 모드케이 스미스가 발견되기 전까지는 냄새로 추적할

수 없을 걸세.”

　“토비에게는 먹다 남은 음식을 줘 봐야겠군. 홈즈, 자네 잘 건가?”

　“아니. 그렇게 피곤하지도 않네. 난 좀 특이한 체질이야. 일이 없을 때는 온몸에서 힘이 쭉 빠지지만 일이 있으면 단 한 번도 피곤함을 느낀 적이 없으니까. 지금부터 담배를 피우면서 아름다운 의뢰인이 가져온 이 기묘한 사건을 곰곰이 생각해 봐야겠네. 아마 이 세상에서 이렇게 간단한 일은 거의 없을 걸세. 의족을 한 사내도 그리 흔치 않은 데다가 공범은 세상에서 아주 보기 드문 녀석이라고 해도 좋으니까.”

　“또 그 공범 얘긴가?”

　“그자에 대한 사실을 일부러 숨겨서 자네를 답답하게 하려는 건 아닐세. 자네도 분명히 나름대로 생각을 해 봤겠지? 자, 그럼 자네가 알고 있는 자료를 검토해 보게. 아주 자그마한 발자국, 구두를 신은 적이 없어서 사이가 뜬 발가락, 맨발, 막대기 끝에 돌을 묶은 도구, 가벼운 몸놀림, 작은 독침을 날릴 줄 아는 재주. 이런 사실들을 종합해 보면 뭔가 떠오르는 게 없나?"

"원시인! 이보게 홈즈, 혹시 조녀선 스몰의 동료였던 인도인들 중 하나가 아니었을까?"

나도 모르게 소리를 질렀다.

"그건 아닌 것 같네. 처음에 그 묘한 무기를 보았을 때는 나도 그렇게 생각했네만, 발자국에 확연하게 드러난 특징을 보고 생각을 바꿨지. 인도에 사는 원주민 중에 몸집이 작은 종족이 있기는 하지만 그런 발자국을 남길 종족은 없다네. 인도 원주민들은 발이 길고 발볼이 좁아. 샌들을 신는 회교도들은 발가락 사이에 늘 가죽 끈을 끼고 다니기 때문에 엄지발가락이 크고 다른 발가락들과 떨어져 있지. 그리고 조그만 독침 말인데, 그걸 쏠 수 있는 방법은 오직 하나뿐일세. 대롱에 넣어 입으로 부는 거지. 그렇다면 이 원시인은 어디에서 왔을까?"

홈즈가 말했다.

"남아메리카가 아닐까?"

나는 적당히 생각나는 곳을 말했다. 홈즈는 책장으로 손을 뻗더니 두꺼운 책 한 권을 뽑아들었다.

"이건 최근 출판된 지명 사전의 첫 권일세. 가장 믿을 만한 최신 정보지. 여기에 뭐라고 쓰여 있는지 어디 볼까? '안다만제도. 수마트라 북쪽으로 550킬로미터 떨어진 곳의 벵골만 안쪽에 위치해 있다.' 흠, 흠. 이게 다 뭐야! '덥고 습한 기후, 산호초, 상어, 브레어 항, 교도소, 러틀랜드 섬, 사시나무……' 아, 여기 있군, 여기 있어!"

안다만제도 원주민들은 아마 지구상에서 가장 키가 작은 인종일 것이다. 하지만 몇몇 인류학자들은 아프리카의 부시맨, 아메리카의 디거 인디언, 푸에고 섬 사람들을 가장 작은 인종으로 보기도 한다. 평균 신장은 1.2미터 이하로, 성인 중에서도 그보다 훨씬 더 작은 사람들이 많다. 사납고 성격이 까다로워 다루기 힘든 종족이지만 일단 신뢰를 얻으면 매우 헌신적인 우정을 나눌 수 있다.

"바로 여기가 중요하네, 왓슨. 그 다음에는 이렇게 적혀 있다네."

그들은 선천적으로 모습이 흉한 종족으로, 머리는 기형적으로 크며 눈은 작고 흉악하게 생겼다. 얼굴은 심하게 일그러져 있고 손발은 놀라울 정도로 작다. 매우 사납고 다루기 힘들어 그들을 교화하려던 영국 정부의 노력은 매번 허사로 돌아갔다. 그들은 난파선을 습격해 끝에 돌을 매단 봉으로 생존자의 머리를 깨기도 하고 독침으로 쏴 죽이기도 하기 때문에 항해자들에게 언제나 이들은 공포의 대상이다. 이러한 학살이 끝나면 반드시 인육 잔치가 벌어진다.

"참으로 훌륭하고 사랑스러운 종족이 아닌가, 왓슨! 만약 그 사람이 제멋대로 날뛰게 내버려 두었다면 얼마나 끔찍한 사건이 됐을지 알 수가 없네. 아니, 지금까지 저지른 일만 봐도 조너선 스몰은 틀림없이 이 녀석을 끌어들인 걸 크게 후회하고 있을 걸세."
"그렇다면 스몰은 어떻게 그 종족 사람을 동료로 삼은 걸까?"
"그건 내가 말할 수 있는 부분은 아니지. 하지만 스몰이 안다만제도에서 온 것은 확실하니 그 원시인과 함께 있다고 해도 하나 이상할 게 없지. 곧 모든 사실이 밝혀질 걸세. 왓슨, 자네 아주 피곤해 보이는군. 거기 소파에 눕게나. 내가 재워 줄 테니."

홈즈는 방 한쪽 구석에서 바이올린을 꺼내더니 내가 소파에 눕자 꿈꾸는 듯 아름답고 환상적인 곡을 연주해 주었다. 홈즈가 직접 만든 곡임에 틀림이 없었다. 그에게는 즉흥적으로 작곡하는 뛰어난 재능이 있었으니까. 그의 가냘픈 손, 진지한 얼굴, 활을 올렸다 내렸다 하는 모습이 아직도 어렴풋이 기억난다. 나는 조용한 소리의 바다 위를 둥실둥실 떠다니는 기분에 빠져 있었다. 문득 정신을 차리고 보니 거기는 꿈나라였다. 꿈속에서 메리 모스턴 양의 아름다운 얼굴이 나를 부드러운 눈길로 내려다보고 있었다.

9. 끊어진 사슬

　나는 오후 늦게야 눈을 떴다. 잠에서 깨니 몸도 마음도 한결 가벼워졌다. 셜록 홈즈는 내가 잠들기 전과 똑같은 자세로 앉아 있었는데 딱 하나 다른 점이 있다면 바이올린을 옆에 내려놓은 채 책에 푹 빠져 있다는 것뿐이었다. 내가 꿈틀꿈틀 몸을 움직이자 내 쪽으로 고개를 돌렸는데 그의 얼굴은 어두웠고 걱정하는 빛이 어려 있었다.

　"아주 깊이 잠들었더군. 이야기 소리에 깨지나 않을까 걱정했는데."

　"아무런 소리도 못 들었어. 뭐 새로운 정보라도 들어왔나?"

　"불행히도 아무런 정보도 들어오지 않았네. 솔직히 말해서 좀 놀랍고 실망스럽다네. 지금쯤이면 틀림없이 확실한 정보를 얻을 수 있을 거라고 생각했는데. 위긴스가 조금 전에 보고를 하러 왔지. 한데 오로라 호의 행방을 전혀 찾을 수가 없다더군. 일분일초가 아까운 마당에 여기서 막혀 버리다니 답답하네."

　"내가 뭐 도와줄 일은 없겠나? 이제 완전히 기운을 되찾았으니 하룻밤 정도는 더 새워도 괜찮을 걸세."

"아닐세. 지금은 어떻게 손을 쓸 수 있는 상황이 아니야. 그저 기다릴 수밖에 없어. 만약 두 사람이 한꺼번에 나갔다가 그 사이에 연락이라도 오면 때를 놓친지도 모르니까. 자네는 다른 볼일을 봐도 상관없지만 나는 여기서 좀 더 버티고 있어야겠네."

"그럼 나는 잠깐 캠버웰로 가서 세실 포레스터 부인을 보고 오겠네. 어제 다시 와 달라는 부탁을 받았거든."

"세실 포레스터 부인을?"

홈즈가 눈가에 웃음을 지으며 물었다.

"아, 물론 모스턴 양도 보고 와야지. 두 사람 모두 그 다음에 일이 어떻게 되었는지 알고 싶어 하니까."

"나 같으면 너무 많은 이야기는 하지 않을 걸세. 여자란 완전히 믿을 수는 없는 존재거든. 가장 신뢰할 수 있는 상대라 해도 마찬가질세."

홈즈가 그렇게 말했지만 나는 그의 편협한 의견에 대해 논의할 만큼 여유가 없었다.

"한두 시간 안에는 돌아오겠네."

"좋을 대로 하게나! 행운을 빌어 주지! 그건 그렇고 강을 건너갈 생각이라면 지나는 길에 토비를 좀 데려다주게. 더 이상 도움을 받을 만한 일은 없을 것 같네."

홈즈의 말대로 나는 개를 데리고 핀친 로에 있는 늙은 동물학자의 집으로 갔다. 그리고 10실링짜리 금화 하나와 함께 개를 넘겨주었다. 캠버웰에 도착해 보니 모스턴 양은 어젯밤의 모험 때문에 조금 지쳐 있는 듯했지만 그래도 자꾸만 그 다음 일이 어찌 되었는지 듣고 싶어 했다. 포레스터 부인의 눈도 호기심으로 가득 차 있었다. 나는 이번 비극 중에서도 아주 끔찍한 부분은 빼고 우리가 겪은 일들을 전부 이야기해 주었다. 숄토가 살해당한 일은 이야기했어도 살해 방법이나 현장의 모습은 자세히 설명하지 않은 것이다. 그렇게 사건을 생략해서 들려주었지만 두 여자는 그 정도로도 매우 놀란 표정을 지었다.

"중세 기사의 모험담 같군요. 불행에 빠진 아가씨에, 50만 파운드의 보물, 피부가 검은 식인종, 의족을 한 악인. 옛날이야기였다면 용이나 성격이 괴팍한 백작이 나왔을 테죠."

"그리고 도움을 주기 위해 달려온 두 기사도요."

모스턴 양이 반짝이는 눈으로 나를 보며 한마디 덧붙였다.

"무슨 소릴 하는 거예요, 메리 양. 당신의 운명이 이 수사 결과에 달려 있다고요. 그런데도 아무 관계도 없는 사람처럼 그렇게 속편한 소리를 하고 있다니. 한번 생각해 봐요. 어마어마한 부자가 돼서 하고 싶은 대로 하고 살면 얼마나 기분이 좋을지."

모스턴 양은 기대감에 가슴이 설레는 모습을 조금도 보이지 않았고, 큰 부자가 되는 것에 별 관심이 없다는 듯이 고고하게 머리를 흔들었다. 나는 그 모습을 보면서 기쁨이 끓어올랐다. 그녀는 또 이렇게 말했다.

"그것보다 새디어스 숄토 씨가 걱정이 돼요. 다른 일은 상관없어요. 그분은 처음부터 아주 훌륭한 태도로 친절하게 대해 주셨어요. 그분의 억울한 혐의를 벗겨 드리는 게 우리의 할 일이라고 생각해요."

땅거미가 질 무렵이 되어서야 캠버웰에서 출발했기 때문에 완전히 어두워진 뒤에야 집에 도착했다. 홈즈의 책과 파이프는 의자 옆에 그대로 놓여 있었지만 그의 모습이 보이지 않았다. 메모가 있을까 해서 찾아보았지만 그것도 없었다.

"셜록 홈즈는 어디 나갔나 보죠?"

나는 덧문을 닫으러 올라온 허드슨 부인에게 물었다.

"아니요, 자기 방에 있어요. 그보다, 박사님."

부인이 갑자기 목소리를 낮추며 말했다.

"저는 홈즈 선생님의 몸이 조금 걱정되는데요."

"무슨 일 있었나요, 부인?"

"아무래도 그분이 좀 이상해서요. 박사님이 외출하신 뒤부터 계속해서 방 안을 왔다 갔다 하는데 발소리가 어찌나 귀에 거슬리던지 견딜 수가 없었을 정도라니까요. 거기에 자꾸만 혼잣말을 중얼거리고, 현관에서 벨 소리가 날 때마다 계단까지 와서 '지금 온 게 누구죠, 부인?' 하고 큰 소리로 물어보지 뭐예요. 그러다가 조금 전에 자기 방으로 들어가서 문을 걸어 잠갔어요. 그래도 아직도 서성이는 소리가 들린다니까요. 무슨 병에 걸린 게 아니면 좋으련만. 글쎄, 해열제라도 좀 먹어 보라고 했더니 무서운 표정을 지어서 깜짝 놀라 나도 모르게 뒷걸음질 쳤답니다."

"그렇게 걱정하실 필요는 없습니다. 전에도 그런 적이 있었거든요. 뭔가 마음에 걸리는 일이 있어서 조금 흥분해서 그럴 거예요."

나는 친절하고 사람 좋은 부인이 쓸데없는 걱정을 하지 않도록 애써 별일 아니라는 투로 대답했다. 하지만 긴 밤 내내 그의 둔탁한 발소리가 들려왔다. 그때마다 명석한 두뇌를 가진 그가 지금처럼 아무것도 못한 채 있어야만 한다는 사실 때문에 초조해하는 게 아닐까 하는 생각이 들어 나 자신도 불안해졌다.

아침 식사를 할 때 홈즈는 아주 피곤하고 초췌해 보였으며 열이라도 있는지 뺨이 발갛게 달아올라 있었다. 내가 말했다.

"자네, 얼굴이 말이 아니군. 그러다 쓰러지기라도 하면 어쩔 건가? 밤새도록 방 안을 서성이는 소리가 들리던데."

"잠이 오지 않아서 말이야. 이런 말을 하고 싶지는 않지만 이번 문제는 나도 좀 당황스럽다네. 다른 일들은 전부 문제없이 해치웠는데 여기까지 와서 그 하찮은 일 때문에 막혀 버리다니. 범인이 누구인지, 어떤 증기선을 탔는지까지 모든 것들을 알고 있는데 정보가 들어오질 않네. 다른 협력자들에게도 도움을 청했고 내가 할 수 있는 방법은 다 써 봤어. 양쪽 강기슭을 이 잡듯이 뒤졌지만 아무런 정보도 얻지 못했고, 스미스 부인도 남편 소식을 전혀 못 들었네. 그렇다면 결론은 녀석들이 배를 침몰시켰다는 것뿐이야. 하지만 그럴 가능성은 없네."

"그렇다면 스미스 부인이 일부러 다른 배를 가르쳐 준 게 아닐까?"

"아니, 그건 아닐 걸세. 여기저기 알아봤는데 스미스 부인이 알려준 증기선은 분명히 있거든."

"배가 상류 쪽으로 거슬러 올라갔을 수도 있고."

"나도 그 생각을 했다네. 일단 수색대를 보내서 리치먼드 부근까지 조사를 하도록 했어. 오늘까지 아무런 소식이 없으면 내일은 내가 직접 나가서 배보다는 범인을 찾아볼 생각이야. 하지만 그 전에 틀림없이 연락이 올 걸세."

그러나 아무 연락도 없었다. 위긴스와 다른 조직 모두 아무런 소식도 알려주지 않았다. 거의 모든 신문이 노우드의 비극에 관한 기사를 실었다. 불행한 새디어스 숄토를 동정하고 옹호하는 신문은 하나도 없었다. 하지만 내일 심리가 열린다는 것 말고 새로운 사실은 하나도 없었다.

그날 저녁에 나는 캠버웰까지 걸어가서 두 숙녀들에게 수사가 어려움을 겪고 있다는 사실을 전해주고 집으로 돌아왔다. 홈즈는 그때도 힘없이 우울한 표정을 짓고 있었다. 묻는 말에 제대로 대답도 하지 않고 밤새도록 증류기를 가열해서 기체를 증류시키는 복잡한 화학 실험에 열중

했다. 그 기체에서 말할 수 없이 이상한 냄새가 났기에 나는 끝내 참지 못하고 내 방으로 도망쳐 버렸다. 밤이 깊어서도 시험관이 부딪치는 소리가 들려오는 걸 보니 여전히 지독한 냄새를 풍기는 실험을 계속한 모양이었다.

동이 틀 무렵, 흠칫 놀라 눈을 떴더니 놀랍게도 홈즈가 뱃사람이 입을 듯한 허름하고 두꺼운 재킷을 걸치고 촌스러운 빨간 스카프를 목에 감은 채 침대 머리맡에 서 있었다.

"왓슨, 난 강 하류에 다녀오겠네. 여러 가지로 생각해 봤지만 방법은 하나밖에 없어. 어쨌든 시도해 볼 만한 가치는 있을 것 같네."

그의 말을 듣고 내가 물었다.

"내가 같이 가도 괜찮겠지?"

"아니, 자네는 날 대신해서 여기에 남아 있으면 더 큰 도움이 될 걸세. 나도 별로 가고 싶지는 않다네. 위긴스 녀석, 어젯밤에는 완전히 풀이 죽어 있었기는 하지만 오늘이야말로 분명히 소식이 올 테니까. 편지나 전보가 오면 전부 뜯어보게나. 만약 무슨 연락이 있으면 그때는 자네 판단에 따라 행동해 주게. 그렇게 해 줄 수 있겠지?"

"물론이지."

"나한테 전보를 칠 수는 없을 걸세. 나도 오늘 내가 어디 있을지 알 수 없으니까. 하지만 운이 좋으면 그렇게 멀리까지 가지 않아도 될 걸세. 이번에는 틀림없이 새로운 정보를 가지고 돌아오겠네."

아침 식사를 할 때까지도 홈즈에게서는 아무런 소식이 없었다. 그런데 〈스탠다드〉를 펼쳐 보니 이 사건에 관한 새로운 기사가 실려 있었다.

어퍼 노우드의 비극에 관해서, 이 사건은 우리가 처음 생각했던 것보다 더욱 복잡하고 의문에 둘러싸여 있다고 봐도 좋을 듯하다. 새롭게 발견된 증거에 의해서 새디어스 숄토는 사건과 무관하다는 사실이 밝혀졌다. 숄토 씨와 가정부인 번스턴 부인은 어젯밤 석방되었다. 하지만 당국은 진범에 관한 단서를 포착했으며, 열정이 많고 지혜가 뛰어나기로 유명한 런던 경찰국의 애설니 존스 씨가 수사를 진행하고 있다고 한다. 곧 범인을 체포할 수 있을 것으로 보인다.

'숄토 씨가 혐의를 벗었으니 어쨌든 다행이군. 그런데 새로운 단서란 무엇일까? 이런 건 경찰이 어처구니없는 실수를 저질렀을 때 상투적으로 쓰는 방법인데 말이야.'

이렇게 생각한 나는 신문을 테이블 위로 던졌다. 그 순간 광고란에 실린 문구가 눈에 들어왔다. 다음과 같은 글이었다.

사람을 찾습니다 — 배의 주인 모드케이 스미스와 그의 아들 짐은 지난 화요일 오전 3시경에 증기선 오로라 호를 타고 스미스 선착장을 떠나 그대로 소식이 끊겼습니다. 증기선은 검은 선체에 붉은 줄이 두 개, 굴뚝은 검은 바탕에 하얀 줄이 하나 들어가 있습니다. 모드케이 스미스 및 오로라 호의 행방에 관해서 알려주시는 분께 5파운드를 사례합니다. 제보하실 때는 스미스 선착장의 스미스 부인이나 베이커 가 221B 번지로 연락해 주십시오.

분명히 홈즈가 낸 광고였다. 베이커 가의 주소가 실린 것만 봐도 확실했다. 나는 참으로 기발한 방법을 썼다고 감탄했다. 범인이 이 광고를 보더라도 그저 실종된 남편을 걱정하는 부인의 불안만 눈에 들어올 것이다.

길고 긴 하루였다. 문을 두드리는 소리나 서둘러 거리를 지나가는 발소리가 들릴 때마다 나는 홈즈가 돌아왔거나 누가 광고를 보고 온 것이 아닐까 하며 깜짝 놀랐다. 책을 손에 잡아 보기도 했지만 어느 틈엔가 이 기묘한 수사나 우리가 쫓고 있는 어울리지 않는 두 악당이 머릿속에 떠올랐다. 내 친구의 추리에 어떤 근본적인 문제가 있는 것일까? 그가 어떤 커다란 오류에 빠진 건 아닐까? 홈즈처럼 앞뒤 상황을 고려해서 깊이 생각하는 명석한 두뇌를 가진 사람이라도 출발점을 잘못 잡으면 어처구니없는 이론을 내세울 것이다. 나는 그가 잘못을 저지르는 것을 본 적이 없었지만, 제아무리 머리 좋은 이론가라 할지라도 때로는 실수할 수도 있는 법이다. 그런 사람들은 너무 이론적으로만 따지기 때문에 종종 실수하기도 한다. 사실 홈즈에게는 상식적으로 설명해서 간단하게 끝낼 수 있는 문제마저도 일부러 어렵게 해석하려는 버릇이 있지 않은가. 하지만 나는 내 눈으로 직접 여러 가지 증거를 봤고 홈즈가 어떤 근거로 그렇게 생각하는지에 대한 이유도 들었다. 잇달아 생겨난 기괴한 일들을 떠올려 보면, 아무리 사소하고 하찮은 증거라도 모두 하나의 방향을 가리키고 있지 않은가? 가령 홈즈의 생각에 오류가 있더라도 사건의 진상은 변함없이 기괴하고 놀라운 것이 분명했다.

오후 3시에 벨이 요란하게 울렸다. 현관에서 무척 고압적인 목소리가 들리더니 놀랍게도 애설니 존스가 우리 방으로 들어왔다. 하지만 어퍼노우드에서 자신만만하게 사건을 맡아서는 무뚝뚝하고 거드름을 피우며 상식을 설교하던 오만한 태도는 찾아보려야 찾아볼 수가 없었다. 얼굴은 초췌했고 태도도 조심스러워서 어쩐지 미안해하는 듯했다.

"안녕하십니까, 왓슨 박사님. 홈즈 선생님은 외출하셨다고요?"

그가 말했다.

"네, 언제 돌아올지는 모르겠군요. 그래도 기다리실 생각이시라면 그쪽 의자에 앉아서 담배라도 한 대 태우시죠."

"고맙습니다. 그럼 앉아서 기다리겠습니다."

여기저기 빨간색으로 물들인 커다란 손수건으로 얼굴을 닦으며 그가 말했다.

"위스키라도 한잔 하시겠습니까?"

"그럼 반 잔 정도만 주십시오. 늦더위가 기승을 부리네요. 게다가 고민거리가 있어서 좀 지쳤습니다. 얼마 전에 있었던 노우드 사건에 관한 내 견해를 알고 계시죠?"

"네, 전에 들은 적이 있었죠."

"바로 그것 때문입니다. 실은, 그 견해를 수정해야만 되겠습니다. 숄토 주위에 빈틈없이 그물을 쳤는데 그 그물 한가운데 커다란 구멍이 뚫려서 그곳으로 쑥 빠져나가고 만 겁니다. 그에게는 절대로 의심할 수 없는 알리바이가 있었습니다. 숄토는 형의 방에서 나온 뒤로 계속 누군가와 함께 있었다고 합니다. 그러니 그 사람이 지붕으로 올라가 들창을 통해서 들어갔을 리가 없지요. 아무리 생각해 봐도 너무 기묘한 사건이라 그동안 쌓은 내 명성이 단번에 무너질 지경이 돼 버렸죠. 누가 조금이라도 도와줄 수 있다면 정말 고맙겠습니다."

"누구나 도움이 필요할 때가 있는 법이죠."

"박사님의 친구인 셜록 홈즈 선생님은 정말 뛰어난 사람입니다."

그가 갈라지는 목소리로 무슨 비밀이라도 밝히듯 말했다.

"절대로 물러서는 법이 없는 사람입니다. 나이도 아직 젊은데, 지금까지 손을 댄 수많은 사건에서 풀지 못한 건 하나도 없었지요. 수사 방법이 조금 특이하고 약간 성급하게 이론에 매달리는 경향은 있지만, 전체적으로 봐서 아주 유능한 경찰이 될 수 있었을 겁니다. 그것은 모든 면에서 장담할 수 있습니다. 오늘 아침에 홈즈 선생님에게 전보를 받았습니다. 그가 사건 해결에 필요한 결정적인 단서를 잡은 듯합니다. 보세요, 바로 이겁니다."

존스는 주머니에서 전보를 꺼내 내게 건네주었다. 12시에 포플러 우체국에서 보낸 것이었다.

> 바로 베이커 가로 가기 바람. 내가 없으면 돌아갈 때까지 기다릴 것. 숄토 사건을 저지른 범인들의 뒤를 쫓고 있음. 마지막 장면을 보고 싶다면 오늘 밤 동행할 것.

"아무래도 일이 잘 풀린 것 같군요. 다시 녀석들의 냄새를 맡은 것 같아요."

내가 말하자 존스가 아주 만족스럽다는 듯이 소리를 질렀다.

"다시 냄새를 맡아요? 그럼 홈즈 선생님도 실수를 저질렀단 말인가요? 하긴 베테랑 중의 베테랑도 때로는 실수를 범하기 마련이니까요. 어쩌면 이 전보도 잘못된 것일지도 모르고요. 하지만 기회를 놓치지 않는 것이 경찰관인 나의 임무입니다. 아, 누가 온 것 같군요. 아무래도 홈즈 선생님 같은데요."

계단을 오르는 육중한 발소리와 함께 헐떡이는 소리가 들려왔다. 계단을 오르기가 무척 힘들었는지 중간에 한두 번 발소리가 멈췄다가 드디어 문 앞까지 이르러 방 안으로 들어왔다. 뱃사람 복장을 한 노인으로, 조금 전 우리가 들은 소리에 어울리는 모습이었다. 낡고 두꺼운 재킷 단추를 목 밑까지 바싹 채웠으며, 구부정한 허리에 다리를 떨었고 천식이 있는지 거친 숨을 괴롭게 내뱉었다. 노인은 짧은 참나무 지팡이에 몸을 의지했는데 숨을 깊이 들이쉴 때마다 양쪽 어깨가 크게 들썩였다. 목에 감은 빨간 스카프에 턱을 묻은 데다가 얼굴은 희고 긴 눈썹과 희끗희끗하고 긴 구레나룻에 묻혀 있어서 날카로운 검은 눈만 보였다. 예전에는 뛰어난 선장이었을지 몰라도 지금은 늙고 병들어 궁핍한 생활을 하는 듯했다.

"어르신, 무슨 일로 오셨습니까?"

내가 문자 그는 노인 특유의 느릿한 모습으로 주위를 꼼꼼하게 둘러봤다.

"셜록 홈즈 씨 계신가?"

"아니요, 여기 없는데요. 하지만 지금은 제가 그 사람 대신입니다. 홈즈에게 하실 말씀이 있으면 제게 하십시오."

"홈즈 씨에게 직접 말해야 하네."

"말씀드렸다시피 제가 대리입니다. 모드케이 스미스의 배에 관한 얘기인가요?"

"그렇다네. 나는 그 배가 어디 있는지 알고 있어. 게다가 홈즈 씨가 찾는 사람들이 어디 있는지도 알고 있지. 그뿐일까? 보물이 있는 곳도 알고. 난 뭐든지 다 알고 있다네."

"저에게 말씀하시면 홈즈에게 전해 드리죠."

"본인에게 직접 말해야 하네."

그는 노인다운 고집스러운 면을 보이며 같은 말을 되풀이했다.

"그럼 홈즈가 돌아올 때까지 기다려 주십시오."

"무슨 소린가? 남 좋은 일 하자고 하루를 그냥 날려 버릴 수는 없어. 난 그냥 갈 테니 홈즈 씨가 알아서 잘 찾으라고 하는 수밖에. 당신들이 무슨 말을 해도 난 절대로 입을 열지 않을 거요."

노인이 다리를 절뚝거리며 문 쪽으로 가려하자 애설니 존스가 그 앞을 가로막았다.

"잠깐만요. 중요한 정보를 가지고 오셨는데 그냥 가시면 안 되지요. 영감님이 어떻게 생각하시든 홈즈 선생님이 돌아올 때까지 기다려 주셔야 겠습니다."

존스가 말했다.

노인이 존스를 피해 문 쪽으로 뛰어들려 했지만 어느새 애설니 존스가 커다란 등을 문에 대고 막고 있었다. 노인은 저항해 봐야 소용없다는 사실을 깨달았는지 지팡이로 바닥을 두드리며 소리쳤다.

"도대체 이게 무슨 짓인가? 나는 셜록 홈즈라는 신사를 만나려고 왔어! 그런데 어디서 듣도 보도 못한 것들이 날 붙잡아 놓고 이렇게 무례하게 굴다니?"

"어르신, 손해 볼 일은 없을 겁니다. 시간을 허비하신 만큼 나중에 꼭 보상을 해 드릴 테니까요. 저쪽 소파에 앉으세요. 홈즈가 곧 올 겁니다."

내가 말하자 노인은 아주 불쾌한 표정으로 방 안을 가로질러 소파로 가서 턱을 괴고 앉았다. 존스와 나는 다시 담배에 불을 붙이고 계속 이야기를 나눴다. 그런데 바로 그때, 갑자기 홈즈의 목소리가 우리 사이를 파고들었다.

"나도 담배 한 대 주게나."

우리 두 사람은 깜짝 놀라 의자에서 벌떡 일어났다. 홈즈가 소파에 앉아 아주 즐겁다는 듯이 웃고 있었다. 내가 외쳤다.

"홈즈! 자네 언제 왔나? 아까 그 노인은 어디로 갔고?"

"노인은 여기 있지 않은가? 가발, 수염, 눈썹 등등. 이게 바로 노인의 정체일세. 변장에는 조금 자신이 있었지만 그래도 자네까지 속일 수 있을 줄은 몰랐네."

홈즈가 흰 머리카락 한 줌을 앞으로 내밀며 말했다. 존스는 크게 웃으며 즐겁다는 듯이 외쳤다.

"성격도 고약하시군요! 마음만 먹었더라면 선생님은 좀처럼 보기 드문 훌륭한 배우가 되었을 겁니다! 기침하는 모습은 구빈원에 있는 노인과 똑같았고, 비틀비틀 걷는 모습만으로도 일주일에 10파운드는 벌 수 있을 겁니다. 하지만 그 눈빛은 왠지 낯이 익었죠. 선생님도 우리 손에서

그렇게 간단하게 빠져나갈 수 있을 거라고 생각한 건 아니지요?"

"오늘은 하루 종일 아까 그 차림으로 다녔습니다. 요즘 내 얼굴을 알아보는 범죄자들이 늘어나서요. 특히 왓슨이 내가 손 댄 사건 기록을 책으로 낸 다음부터 말이지요. 그래서 탐문 수사할 때면 이런 식으로 간단하게 변장을 하죠. 전보는 받아 봤습니까?"

홈즈가 담배에 불을 붙이며 말했다.

"네, 그래서 이렇게 찾아왔습니다."

"수사는 어떻습니까? 진척은 있었나요?"

"전혀 없습니다. 용의자를 두 사람이나 풀어 줬습니다. 나머지 두 사람에 대한 증거도 없는 상황이죠."

"걱정하지 마세요. 그들 대신에 다른 두 녀석을 잡아 줄 테니. 단, 그러기 위해서는 내 지시에 따라야 합니다. 공식적으로는 당신이 잡은 거라고 해도 상관없지만 무슨 일이 있어도 내가 말한 대로만 움직여야 합니다. 알겠습니까?"

"좋고말고요. 범인을 잡게만 해 주신다면야."

"좋습니다. 그럼 우선 고속 경비정이 하나 필요합니다. 증기선이어야 하고 7시까지 웨스트민스터 선착장에 대기시켜 주십시오."

"그거라면 지금 당장이라도 준비할 수 있습니다. 그 부근에는 언제나 경비정 한두 척 정도는 대기하고 있으니까. 하지만 만약을 위해서 도로 건너편까지 가서 전화로 확인해야겠습니다."

"그리고 놈들이 저항할지도 모르니 힘 좋은 사람 둘도 필요합니다."

"배에 그런 경찰이 두엇 타고 있을 겁니다. 그 밖에 다른 것은?"

"녀석들을 잡으면 보물을 손에 넣을 수 있습니다. 그러면 보물의 절반을 받을 권리가 있는 젊은 숙녀의 집으로 보물 상자를 가져다주고, 그 숙녀분이 맨 먼저 상자를 열 수 있게 해 주십시오. 그러면 제 친구도 아주 기뻐할 겁니다. 그렇지, 왓슨?"

"그럴 수만 있다면 더할 나위 없이 기쁠 걸세."

존스가 고개를 절레절레 저으며 대답했다.

"조금 절차에서 벗어난 변칙적인 방법이군요. 하지만 사건 자체가 워낙 이상하니 그 정도는 눈감아 드리겠습니다. 보물 상자를 열어 본 다음에는 바로 경찰에 넘겨 주셔야 합니다. 정식으로 조사를 마칠 때까지 경찰이 보관해야 하니까요."

"물론이죠. 그거야 별로 어려운 일도 아니지요. 그리고 한 가지 더. 이 사건에 대해서 조너선 스몰에게 직접 듣고 싶은 것이 몇 가지 있습니다. 아시겠지만 나는 내가 맡은 사건의 아주 세세한 부분까지 전부 알고 싶으니까요. 장소는 이 방이나 어디나 상관없으니 스몰과 개인적으로 면담을 하고 싶습니다. 간수라도 붙여서 경비만 제대로 한다면 크게 문제될 건 없겠지요?"

"좋습니다. 지금은 홈즈 선생님이 수사를 이끄는 사람이니까요. 나는 조너선 스몰이라는 인물이 실제로 존재하는지 어떤지도 모르는 형편입니다. 하지만 홈즈 선생님이 그 사내를 잡을 수만 있다면 면담을 굳이 못하게 할 이유도 없습니다."

"그럼 허락받은 걸로 알겠습니다."

"네. 또 다른 것은 없습니까?"

"나머지는, 여기서 함께 식사를 해 달라는 겁니다. 식사는 30분 정도면 준비할 수 있습니다. 굴과 들꿩 고기를 주요리로 하고, 괜찮은 백포도주도 곁들여 내겠습니다. 왓슨, 자네도 내 살림 솜씨가 얼마나 빼어난지 아직 모르지?"

10. 섬사람의 최후

 즐겁고 유쾌한 저녁 식사였다. 홈즈는 마음이 내킬 때면 상당히 말을 많이 하는 편이었는데 그날 밤이 그랬다. 그는 약간 흥분한 상태로 보였다. 나는 홈즈가 그렇게 기지를 발휘하여 말을 많이 하는 모습을 본 적이 없었다. 종교극과 중세의 도자기, 스트라디바리우스의 바이올린, 실론의 불교, 미래의 군함 등 여러 가지 화제를 차례대로 끄집어내서 전문적인 연구가처럼 깊은 식견을 보여 주었다. 이런 들뜬 기분은 어제까지 이어졌던 우울함에 따라오는 반작용이었다. 애설니 존스도 편안한 장소에서는 대인 관계가 좋았고, 식사를 할 때는 미식가처럼 행동했다. 나도 사건이 곧 해결될 것 같다는 생각에 마음이 들떠 홈즈처럼 기분이 좋아졌다. 우리는 식사를 하면서 이렇게 자리를 함께하게 된 원인에 대해서는 단 한마디도 하지 않았다.

 식사를 마치고 홈즈는 시계를 보더니 세 개의 잔에 포트와인[14]을 따랐다.

"성공적인 우리의 작은 모험을 위해서 건배. 이제 슬슬 나가 봐야 할 시간일세. 왓슨, 권총은 가지고 있는가?"

"책상 서랍에 전에 쓰던 군용 권총이 있네."

"그럼 그걸 가지고 가는 편이 나을 걸세. 조심해서 나쁠 건 없지. 마차가 왔나 보군. 6시 반까지 와 달라고 했거든."

7시가 조금 넘어서 웨스트민스터 선착장에 도착했더니 증기선 한 척이 우리를 기다리고 있었다. 홈즈가 배 여기저기를 살펴봤다.

"경비정이라는 사실을 나타내는 표시가 있습니까?"

"있습니다. 배 측면에 달린 저 녹색 등이 바로 그겁니다."

"그럼 그건 떼 주시오."

녹색 등을 떼어낸 뒤 우리는 배에 올라 밧줄을 풀었다. 존스, 홈즈, 나는 배 뒤쪽에 앉았다. 조타수가 한 명, 기관사가 한 명, 뱃머리에는 건장한 경관이 둘 있었다.

"어디로 갈 겁니까?"

존스가 물었다.

"런던탑이요. 배를 제이콥슨 조선소 맞은편에 대라고 해 주세요."

우리가 탄 배는 매우 빨랐다. 짐을 실은 나룻배들의 긴 행렬이 마치 그 자리에 멈춰 있는 것처럼 보일 만큼 빠르게 따라잡았다. 앞서가던 증기선 뒤에 따라붙었나 싶더니 곧 그것마저 따돌리자 홈즈는 만족스럽게 빙긋 미소를 띠었다.

"이 강 위에 떠 있는 어떤 배라도 따라잡을 수 있어야 할 텐데."

홈즈가 말했다.

---

14) port wine. 발효 중인 포도주에 브랜디를 첨가한 것으로, 포르투갈에서 재배하여 영국으로 수송하기 위해 도수를 높이고 단맛을 강화했다.

"그건 좀 어렵겠지요. 하지만 웬만한 배는 다 따라잡을 수 있습니다."

"지금부터 오로라 호를 따라잡아야 합니다. 한데 그게 꽤 빠른 배라서 요. 왓슨, 지금 돌아가는 상황을 일러 주겠네. 하찮은 문제에 발목을 잡혀서 내가 안절부절 못하던 일을 기억하지?"

"응."

"그래서 나는 화학 실험을 하며 머리를 완전히 식혔지. 어떤 위대한 정치가가 '다른 일을 하는 것이 최고의 휴식이다.'라고 했거든. 정말 옳은 말일세. 나는 탄화수소 분해에 성공한 뒤 다시 숄토의 문제로 되돌아가 사건 전체를 다시 한 번 생각해 봤지. 아이들에게 패를 갈라서 강의 상류와 하류를 전부 찾아보게 했지만 그때까지도 아무 성과가 없었네. 오로라 호는 어느 선착장, 어느 부두에서도 발견되지 않았고, 집으로 돌아온 것도 아니었다네. 그렇다고 흔적을 감추기 위해서 배를 가라앉힌 것 같지도 않았고. 뭐, 달리 생각할 길이 없다면 그 가능성도 한번 생각해 볼 수는 있겠지. 어찌 되었든, 스몰이라는 녀석은 꽤 교활하지만 고등 교육을 받은 사람만큼 철저하게 책략을 꾸밀 만한 능력은 없는 것 같았다네. 그래서 나는 생각했지. 스몰은 한동안 런던에서 생활했다는 것을 떠올렸고. 폰디체리 저택을 끊임없이 감시하고 있었다고 하니 틀림없는 사실일 걸세. 그렇다면 런던을 떠나 갑자기 도망치지는 못하겠지. 신변을 정리하려면 비록 딱 하루라도 준비할 시간이 필요했을 거야. 아무튼 이 생각이 틀리지는 않을 걸세."

"조금 억지스러운 부분이 있는 듯한데. 스몰이란 녀석은 폰디체리 저택에 침입하기 전에 이미 완전히 준비를 갖추고 나서 이 사건을 저질렀다고 생각하는 편이 더 정확하지 않을까?"

내가 말했다.

"아니, 나는 그렇게 생각하지 않네. 녀석의 은신처는 만일의 경우에 숨기 좋은 곳이지. 그래서 확실하게 일이 끝나기 전에는 버리지 않을 걸세. 그런데 또 다른 생각이 하나 떠올랐다네. 조너선 스몰은, 공범이 기묘하게 생겨서 아무리 변장을 해도 사람들의 이야깃거리가 되기 쉽고, 그렇게 되면 자기가 이번 노우드 사건과 관계가 있을 것이라고 여겨지지 않을까 걱정할 게 분명해. 녀석은 꽤 머리가 좋은 편이니까. 스몰은 사람들의 눈을 피해서 어두울 때 은신처에서 나왔고 날이 밝기 전에 돌아갈 계획이었을 걸세. 스미스 부인의 말에 따르면 그들이 배에 오른 것은 오전 3시가 지난 시각이었네. 한 시간 후면 날이 밝아 사람들도 일어나기 시작할 때야. 그러니 그들이 그리 멀리 가지 못했을 것이라고 나는 생각했네. 그들은 스미스의 입을 막느라 돈을 듬뿍 퍼 주고 마지막 도주를 위해서 배를 확보한 뒤, 보물 상자를 은신처로 옮겼을 걸세. 이틀 정도 거기에 숨어서 신문이 이번 사건을 어떻게 보고 있는지, 자신들이 과연 의심받고 있는지를 확인한 뒤 어둠을 타서 그레이브센드나 다운스 항 부근에 정박한 배까지 갈 거야. 아마도 미국이나 다른 식민지로 건너갈 채비는 이미 완벽하게 끝났을 걸세."

"하지만 증기선은? 설마 은신처까지 그걸 끌고 갔다고 생각하는 건 아니겠지?"

"당연하지. 그러니까 눈에 띄지는 않지만 증기선은 그리 멀지 않은 곳에 있을 게 분명했네. 그래서 나는 스몰의 입장에 서서, 그 정도 능력을 가진 사람이라면 어떻게 했을까 생각했지. 배를 돌려보내거나 선착장에 세워 둔다면, 경찰이 냄새를 맡았을 때 훨씬 더 빨리 추적당하기 쉽다고 생각했을 거야. 그렇다면 어떻게 해야 배를 숨겨 두었다가 필요할 때 가져다 쓸 수 있을까? 내가 스몰이라면 어떻게 할까? 방법은 오직 하나 밖에 없었네. 조선소나 수리공에게 맡겨 사소한 부분을 손봐 달라고 하는 거지. 그러면 배가 누구의 눈에도 띄지 않을 테고, 두어 시간 전에 연락해 두기만 하면 필요할 때마다 쓸 수 있을 테니까."

"아주 간단한 일이군."

"이렇게 간단한 일일수록 더 놓치기 쉬운 법이지. 어쨌든 나는 이 생각을 바탕으로 움직여야겠다고 생각했다네. 그래서 바로 뱃사람으로 변장한 뒤 하류에 있는 조선소부터 뒤지기 시작했다네. 열다섯 군데나 허탕을 치고 열여섯 번째 조선소, 바로 제이콥슨 조선소에서 드디어 이틀 전에 오로라 호를 맡았다는 사실을 알았지. 의족을 한 사내가 키를 좀 봐 달라고 맡겨 놓고 갔다더군. 감독이 '그런데 키는 아주 멀쩡해. 저기 있는 빨간 줄이 들어간 배가 오로라 호요.'라고 말하더군. 바로 그때 누가 나타났는지 아는가? 다름 아닌 행방불명된 선장 모드케이 스미스였다네! 완전히 술에 취해서 제정신이 아니더군. 물론 나는 그를 본 적이 없으니 그 사람이 스미스인 줄도 몰랐네. 하지만 그 사람이 아주 커다란 목소리로 자기 이름과 배 이름을 외쳐 댔다네. '오늘 밤 8시에 배를 가지러 오겠소. 정확히 8시요. 기다리는 걸 끔찍하게 싫어하시는 손님 두 분이 계신다고.'라면서 스미스는 인부들에게 은화를 뿌렸어. 두둑하게 수고비를 받았는지 돈을 아주 많이 가지고 있더군. 잠시 뒤를 밟았더니 술집으로 기어들어가서 나오질 않았네. 그래서 나는 조선소로 돌아가다가 도중에 내 밑에 있는 아이를 만나서 녀석에게 배를 감시하라고 시켰네. 아이가 물가에 서 있다가 배가 출발하면 손수건을 흔들어서 우리에게 신호를 해 주기로 돼 있네. 신호가 있을 때까지 우리들은 근처 물 위에서 대기하고 있으면 되네. 이렇게 됐는데 녀석들을 잡지 못하고 보석을 되찾지 못한다면 말도 안 되지."

존스가 우리들의 대화에 끼어들었다.

"그렇군요. 정말 멋진 계획입니다. 그게 진범인지 아닌지는 아직 모르지만요. 하지만 나라면 제이콥슨 조선소 일대에 경찰들을 숨겨 두었다가 녀석들이 나타나면 그때 체포했을 겁니다."

"그건 힘들 겁니다. 이 스몰이라는 녀석은 상당히 용의주도하거든요. 먼저 사람을 보내서 동향을 살피게 하고 조금이라도 수상하다 싶으면 앞으로 일주일 정도는 가만히 몸을 숨기고 있을 겁니다."

"그렇다면 모드케이 스미스를 추궁해서 녀석들의 은신처를 알아낼 수도 있지 않았나?"

내가 말했다.

"그건 시간만 낭비하는 일일세. 스미스가 그들의 은신처를 알고 있을 확률은 거의 없으니까. 스미스는 술과 충분한 돈만 받으면 그만일세. 그들이 무엇인가를 요구하면 그대로 해 주기만 하면 되는 거지. 나 역시 이 방법 말고 다른 방법들도 남김없이 검토해 봤지만 결국은 이 방법이 가장 좋더군."

이런 이야기를 나누고 있는 동안 배는 템스 강을 가로지른 수많은 다리 밑을 빠져나갔다. 런던의 중심부를 지날 때 뒤를 돌아보니 기울어 가는 저녁 해가 세인트 폴 성당의 첨탑 위 십자가를 눈부시게 비추고 있는 것이 보였다. 런던탑에 도착했을 때는 어둑어둑 땅거미가 지고 있었다.

"저게 바로 제이콥슨 조선소라네."

서리 주 방향으로 삐죽삐죽 솟아 있는 돛대와 거기에 묶인 밧줄을 가리키며 홈즈가 말했다.

"나룻배가 늘어서 있는 뒤쪽으로 숨어서 이 부근을 천천히 왔다 갔다 하면서 기다리기로 하지요."

그는 주머니에서 야간용 쌍안경을 꺼내 한동안 해안 쪽을 살펴봤다.

"내가 세워 놓은 염탐꾼의 모습이 보이네. 하지만 아직 손수건은 흔들지 않고 있어."

그가 말했다.

"좀 더 하류 쪽으로 가서 숨어 있으면 어떨까요?"

존스가 진지한 어조로 말했다.

배에 타고 있는 사람들 모두가 흥분하기 시작했고 일이 어떻게 돌아가는지 잘 알지 못하는 경관과 화부들마저도 그랬다.

"무슨 일이든 처음부터 이건 이렇게 될 거라고 결정해 버리는 건 좋지 않습니다. 녀석들은 십중팔구 강을 따라 내려갈 테지만 그렇다고 해서 틀림없이 하류로 간다고는 장담할 수 없어요. 여기에 있으면 들키지 않고 조선소의 출입구를 볼 수 있습니다. 저쪽에서는 여기가 보이지 않거든요. 오늘은 맑아서 시야가 확 트인 밝은 밤이 되겠군요. 그냥 여기에 있어야 합니다. 저기 좀 봐요. 저쪽 가스등 불빛 밑으로 사람들이 줄줄이 걸어가고 있군요."

홈즈가 대답했다.

"조선소 일을 마치고 돌아가는 사람들이군요."

"차림새는 지저분하지만 그래도 각자 가슴 속에 꺼지지 않는 빛을 가지고 있다고 생각합니다. 겉모습만 봐서는 그렇게 보이지 않을 겁니다. 뭐, 그 빛을 실제로 보기 전에는 믿지 못하는 게 더 자연스럽겠지요. 정말 인간이란 신비하기 짝이 없는 수수께끼니까요."

"누구인지는 모르겠지만, 인간이란 동물 속에 깃든 영혼이라고 말한 사람도 있었지."

내가 말했다.

"윈우드 리드가 그 점에 관한 재미있는 말을 썼다네. 인간 하나하나는 종잡을 수 없는 수수께끼지만, 집단은 수학 문제를 풀듯이 확실하게 답을 내릴 수 있는 존재라고 했지. 예를 들어서 어떤 한 사람이 어떤 행동을 할지 예측할 수 없지만, 평균적인 사람들이 어떻게 행동할지는 정확하게 예상할 수 있다는 거야. 한 사람 한 사람은 제 나름대로 행동하지만 평균치에는 변함이 없다는 게 그 통계학자의 주장이야. 그건 그렇고 저것 좀 보게나. 손수건이야. 보게, 저쪽에서 하얀 손수건을 흔들고 있지 않은가?"

"틀림없네. 자네가 세운 염탐꾼일세. 내 눈에도 똑똑히 보이네."

나도 모르게 큰소리로 외쳤다.

"저기 오로라 호가 있다! 무서운 속도로 달리고 있어. 기관사 양반, 전속력으로 달리시오. 저 노란 등불을 매단 증기선을 따라가야 해요. 세상에, 저 배를 놓치기라도 하면 내가 날 용서 못할 거야!"

오로라 호는 선착장 입구에서 빠져나와 두어 척의 소형선을 지나고 있었으므로 우리가 그 모습을 발견했을 때는 이미 상당히 빠르게 달리고 있었다. 그리고 지금은 기슭을 따라서 날아갈 듯한 속도로 하류로 향했다. 존스가 심각한 표정으로 배를 바라보며 머리를 흔들면서 말했다.

"굉장한 속도로군요. 따라잡을 수 있을까요?"

"무슨 일이 있어도 잡아야 합니다! 화부 양반들, 석탄을 가득 넣어요! 전속력으로 달려요! 이 배가 몽땅 불타 버리는 한이 있어도 저 녀석들을 잡아야 해!"

홈즈가 이를 꽉 깨물고 말했다.

우리는 속력을 높여 오로라 호의 뒤를 쫓았다. 기관실에서 석탄이 활활 타오르는 소리가 들렸고, 강력한 엔진은 거대한 금속 심장처럼 붕붕

덜컹덜컹 하는 폭풍 소리를 내고 있었다. 뾰족한 뱃머리가 조용한 수면을 가르며 좌우 양쪽으로 커다란 물결을 일으켰다. 엔진이 고동칠 때마다 배 전체가 마치 생명체처럼 튀어오르기도 하고 떨리기도 했다. 뱃머리에 달아 놓은 하나뿐인 노란 등이 크게 흔들리며 앞쪽으로 깔때기 모양의 불빛을 던지고 있었다.

바로 앞의 어두운 수면 위로 희미하게 보이는 검은 물체가 오로라 호였다. 배 뒤쪽에서 소용돌이치는 하얀 거품을 보면 얼마나 빠른 속도로 달리고 있는지 알 수 있었다. 우리는 말을 실어 나르는 배와 증기선과 상선의 뒷머리를 스치듯 지나가기도 하고 옆으로 돌아가기도 하면서 그 사이를 헤집고 나가 몇 척의 배를 따돌렸다. 어둠 속에서 커다란 목소리로 말을 걸어오는 자도 있었지만 오로라 호는 아랑곳없이 무시무시한 속도로 달려 나갔고, 우리도 그 뒤를 바싹 따라갔다.

"석탄을 넣어! 더 넣어요! 가득 채워 넣으라고!"

홈즈가 기관실을 들여다보며 외쳤다. 아래쪽에서 미친 듯이 타오르고 있는 불빛이 홈즈의 신중하고 독수리 같은 얼굴을 벌겋게 비추어 주었다.

"최대한 빨리 달려요!"

"꽤 가까워진 듯하군."

존스가 오로라 호를 바라보며 말했고 나도 대꾸했다.

"그렇군요. 이제 곧 따라잡을 수 있겠습니다."

그런데 그 순간, 불행하게도 나룻배 세 척을 끌고 가는 예인선이 우리 앞으로 끼어들었다. 멍청한 녀석! 기관사가 순간적으로 힘껏 키를 돌려 간신히 충돌은 피했다. 그러나 그 배의 옆을 돌아서 다시 달리기 시작했을 때, 이미 오로라 호는 200미터 이상 앞으로 달아나 있었다. 그래도 그 모습은 아직 눈에 선명하게 들어왔으며, 뿌옇게 안개가 낀 듯 흐릿하던 날씨도 점점 맑아져 달과 별이 밝게 얼굴을 내밀었다.

기관은 최대로 가동하고 있었고, 배를 앞으로 나가게 하는 맹렬한 힘 때문에 빈약한 선체는 몸을 심하게 떨며 윙윙 소리를 냈다. 우리는 웅덩이를 지나, 웨스트 인디아 부두를 지나, 기나긴 뎁포드 수역을 내려가다 독스 섬을 끼고 돌아 다시 상류로 향했다. 희미하게 보이던 앞의 검은 물체는 마침내 뚜렷한 오로라 호의 아름다운 모습으로 바뀌었다. 존스가 오로라 호 쪽으로 탐조등을 돌리자 갑판에 있는 사람의 모습까지 확실하게 알아볼 수 있었다. 배의 뒷부분에 있던 사람은 무릎 사이에 무엇인가 끼고 앉은 채 그 위로 몸을 웅크리고 있었다. 그 옆에 검은 물체가 있었는데 그것은 마치 뉴펀들랜드 개처럼 보였다.

소년이 키를 잡고 있었다. 그리고 기관실의 붉은 불꽃 속으로 웃통을 벗어젖히고 죽을힘을 다해서 석탄을 넣고 있는 스미스의 모습이 보였다. 처음에는 그들도 우리가 정말로 추격하는지 잘 몰랐을 테지만, 아무리 뱃머리를 돌리고 방향을 바꿔도 그때마다 우리가 따라붙는 것을 보고 추격 사실을 알게 된 모양이었다.

그리니치 부근에 왔을 때 우리는 그들의 뒤에서 약 300걸음 정도 차이만 있을 만큼 가까워졌다. 블랙월에서는 250걸음도 안 될 만큼 거리를 좁혔다. 나는 지금까지 파란만장한 삶을 살면서 여러 나라에서 수많은 동물의 뒤를 쫓아봤지만, 지금 여기 템스 강에서 미친 듯이 달리며 인간 사냥을 할 때만큼 통쾌한 스릴을 느낀 것은 처음이었다.

우리는 착실하게 따라붙었다. 밤의 고요함 속에서 신음하는 듯한 저쪽 배의 엔진 소리까지 들려왔다. 배 뒤편에 앉아 있는 사내는 여전히 갑판 위에 웅크린 채 두 손을 바삐 움직이고 있었다. 그리고 때때로 얼굴을 들어 우리와의 거리를 가늠해 보곤 했다.

거리는 점점 더 좁혀졌다. 존스가 큰 소리로 멈추라고 외쳤다. 둘 다 맹렬한 속도로 달리고 있었지만 우리는 보트 네 척 정도의 거리까지 따라잡은 참이었다. 마침 양쪽 기슭이 넓게 펼쳐져 시야가 탁 트인 곳으로 접어들었는데 한쪽은 배수 장소인 바킹 평지였고 다른 한쪽은 플럼스테드 습지대였다. 우리가 큰 소리로 외치자 배의 뒤편에 앉아 있던 사내가 자리에서 벌떡 일어나 우리를 향해 두 주먹을 내저으며 높고 갈라진 목소리로 마구 욕을 퍼부어 댔다. 몸집이 크고 다부진 사내로, 두 다리를 떡 벌리고 서서 균형을 잡으며 서 있었지만 자세히 보니 오른쪽 다리는 허벅지 아래부터 나무로 만든 의족이었다. 사내가 날카로운 목소리로 욕설을 퍼붓자 갑판 위에 웅크리고 있던 검은 물체가 꿈틀꿈틀 움직이기 시작했다. 똑바로 일어선 모습을 보니 그것은 작은, 지금까지 본 적이 없을 정도로 작은 흑인이었다. 몸집에 어울리지 않게 머리가 아주 컸으며 머리카락은 엉망으로 헝클어져 있었다.

홈즈는 이미 권총을 뽑아들었고 나도 이 기괴한 원주민을 보자마자 바로 권총을 꺼냈다. 그는 새까만 외투인지 담요인지 모를 것을 두른 채 얼굴만 밖으로 내밀고 있었는데, 그 얼굴은 보기만 해도 소름이 끼칠 정도로 무시무시했다. 나는 그처럼 잔인하고 험상궂은 얼굴을 본 적이 없었다. 조그만 눈에 어두운 빛이 가득했고, 두꺼운 입술 사이로 이가 드러났다. 그는 거의 동물처럼 소름끼치는 소리로 울부짖었다.

"저 녀석이 손을 올리면 바로 총을 쏘게나."

홈즈가 차분한 목소리로 말했다.

그때는 이미 보트 한 척 정도의 거리까지 따라붙었기 때문에 사냥감은 거의 손이 닿을 듯한 거리에 있었다. 두 사내가 배 위에 서 있던 모습은 아직도 생생하게 기억난다. 백인은 두 다리를 떡 벌리고 서서 날카로운 목소리로 고래고래 소리를 질렀다. 그리고 악마같이 흉측한 얼굴을 한 조그만 사내는 등불 밑에서 날카롭고 누런 이를 드러내며 우리를 향해 울부짖고 있었다.

다행히 아직 밤이었지만 날씨가 맑아서 그 작은 사내의 모습이 선명하게 보였다. 그는 우리 바로 앞에 있었는데, 걸치고 있던 천 속에서 학

생들이 쓰는 자 같은 짧은 나무 토막을 꺼내 입으로 가져갔다. 그것을 본 순간, 우리 둘의 권총이 동시에 불을 뿜었다. 사내는 두 손을 휘저으며 목이 막힌 사람처럼 기침을 해 대더니 몸이 한 바퀴 획 돌아가며 배에서 강 속으로 떨어졌다. 하얗게 소용돌이치는 물속에서 원한에 가득 차 노려보는 무시무시한 눈이 한순간 번뜩이더니 곧 사라졌다.

그와 동시에 의족을 한 사내

가 키 쪽으로 달려가 그것을 힘껏 잡아당겼다. 배는 남쪽 기슭으로 방향을 바꾸더니 똑바로 달려 나가기 시작했다. 그 바람에 우리가 탄 배는 상대편 배의 뒷부분에서 겨우 몇 미터 정도 떨어진 곳을 아슬아슬 스치듯 지나갔다. 우리도 급히 뱃머리를 돌려 계속 추격했지만 상대편 배는 이미 기슭 가까이에 있었다. 그곳은 매우 거칠고 을씨년스러운 땅이었다. 고여 있는 물과 썩어 가는 식물들이 가득 메운 늪지대 위로 달빛이 쏟아져 반짝반짝 빛나고 있었다. 오로라 호는 둔탁한 소리와 함께 진흙으로 된 제방에 뱃머리를 처박았다. 뱃머리는 허공에 떴고, 배의 뒷부분은 수면 위로 드러났다.

의족을 한 사내가 도망치기 위해 잽싸게 배에서 뛰어내렸지만 그 순간 의족이 쑥 하고 진흙 속에 깊숙이 박혀 버렸다. 그가 아무리 몸부림을 쳐도 거기서 단 한 발짝도 움직일 수가 없었다. 사내는 분노를 참지 못하고 큰 소리로 울부짖으며 다른 쪽 발로 미친 듯이 진흙을 찼지만 그럴수록 의족은 진흙탕 속으로 더욱 깊이 빨려 들어갔다. 우리가 그 옆에 배를 댔을 때 사내는 더 이상 몸을 움직일 수 없는 상태였다. 그래서 우리는 그의 겨드랑이에 줄을 건 뒤 있는 힘껏 잡아당겨 마치 커다란 물고기처럼 우리 배 쪽으로 잡아끌었다.

스미스 부자는 불만에 가득 찬 얼굴로 증기선 안에 앉아 있었지만, 명령을 하자 조용히 배에서 내려왔다. 기슭을 타고 올라간 오로라 호를 끌어내려 우리 배 뒤에 묶었다. 오로라 호의 갑판 위에 인도풍 장식이 새겨진 튼튼한 철궤가 놓여 있었다. 그것은 숄토 가의 불길한 보물이 든 상자가 분명했다. 열쇠를 찾을 수 없었기에 그 무거운 상자를 조심스럽게 들어 우리 배의 작은 선실로 옮겼다. 우리는 뱃머리를 상류로 돌려 천천히 되돌아가면서 탐조등으로 사방을 꼼꼼하게 비춰 봤지만 그 원주민의 모습은 끝내 발견할 수 없었다. 템스 강바닥의 어두침침한 진흙 속 어딘가에는 아직도 외국에서 온 그 괴상한 사내의 뼈가 잠들어 있을 것이다.

"여기를 좀 보게. 우리가 정말 아슬아슬한 순간에 총을 쏜 모양이군."

나무로 만든 선실 출입구를 가리키며 홈즈가 말했다. 우리들이 서 있던 곳 바로 뒤쪽에 낯익은 독침이 박혀 있었다. 총을 쏜 순간, 우리 사이를 뚫고 지나간 것이 분명했다. 그것을 본 홈즈는 빙그레 웃으며 평소와 다름없이 어깨를 한 번 들썩였다. 그러나 솔직히 말해서 나는 무시무시한 죽음의 운명이 그렇게 가까이 다가왔었다는 사실을 깨닫고 오싹해지지 않을 수 없었다.

11. 아그라의 멋진 보물

우리의 포로는, 오랫동안 참고 인내하고 별별
행동을 다 하면서 간신히 손에 넣은 철궤를 눈앞
에 둔 채 조용히 선실에 앉아 있었다. 햇볕에
그을린 얼굴과 두려움을 모르는 대담한 눈빛을
가진 사내였다. 주름투성이 적갈색 얼굴에
서는 객지에서 고단하게 보낸 긴 세월
이 묻어 나왔다. 수염을 기른 턱 부근
이 두드러지게 나왔는데, 그것은 그가
목적을 정하면 쉽게는 물러나지 않는
사람이라는 사실을 보여주고 있었다.
검은 곱슬머리에 희끗한 새치가 꽤 섞여
있는 것을 보아 나이는 쉰 정도 되어 보였다.

이렇게 차분하게 있으니 그다지 불쾌한 인상은 아니었다. 하지만 조금 전에 봤듯이 일단 화를 내기 시작하면 굵은 눈썹과 고집스러워 보이는 턱이 무시무시한 표정을 만들었다. 수갑이 채워진 손을 무릎 위에 놓고 고개를 푹 숙인 채, 범죄의 원인이 된 상자를 강렬하고 날카로운 눈으로 바라보고 있었다. 그 침착하고 굳은 얼굴 위로 분노가 아닌 슬픔이 감도는 듯했다. 눈을 들어 나를 한 번 쳐다봤는데 그 눈매에는 어딘지 웃음기라고 할 만한 것이 어려 있었다.

"조너선 스몰, 일이 이렇게 돼서 참 유감입니다."

홈즈가 담배에 불을 붙이며 말했다.

"선생, 나도 그렇게 생각하오. 설마 이번 일로 교수형을 당하지는 않겠지요? 성경에 맹세컨대 나는 숄토 씨에게 손도 대지 않았소. 그 지옥의 사냥개 같은 통가가 독침으로 저지른 일이오. 나는 그 부분에 있어서는 책임이 없소이다. 아니, 오히려 피를 나눈 사람이 죽기라도 한 것처럼 슬퍼했지. 그 작은 악마를 밧줄로 패 줬지요. 하지만 이미 엎질러진 물을 주워 담을 수는 없었소."

스몰이 거짓 없는 목소리로 말했다.

"담배 한 대 태우시고 이 위스키도 한 모금 드시죠. 몸이 젖어서 춥겠군요. 당신이 로프를 타고 올라가는 사이에 그 조그맣고 힘없는 흑인이 숄토 씨를 해치울 줄이야 누가 알았겠습니까?"

"마치 그 자리에 있었던 것처럼 잘 아시는구먼. 사실은 그 방에 아무도 없을 줄 알았소. 그 집안의 일과를 잘 알고 있었는데 평소 같으면 숄토 씨는 그때 식사를 하러 아래층으로 내려가 있었을 거요. 나는 어떤 것도 숨길 생각이 없으니 전부 말하겠소. 사실을 있는 그대로 말하는 게 내게 가장 좋은 변명이 될 테니까. 만약 내가 늙어 빠진 숄토 소령 때문에 교수형을 당한다면 홀가분한 마음으로 죽을 수도 있을 거요. 그 녀석을 죽이는 일이라면 이 담배를 피우는 것처럼 아무렇지도 않게 해치울 수 있거든. 하지만 아무런 원한도 없는 그의 아들 때문에 감옥에 가야 한다면 나도 견딜 수 없을 게요."

"당신의 신변은 런던경찰국의 애설니 존스 씨가 보호합니다. 그가 당신을 우리 집으로 데려올 겁니다. 그때 사건의 진상을 들려주시죠. 숨김 없이 말입니다. 그럼 내가 도움을 줄 수 있을지도 모릅니다. 그 독은 놀랄 만큼 빠른 속도로 퍼지죠. 그러니까 당신이 방에 들어가기 전에 숄토 씨는 이미 죽었을 테고 나는 그 사실을 증명할 수 있습니다."

"그 말대로요. 내가 창을 넘어서 방 안에 들어간 순간, 그 사내가 고개를 까닥이듯 내 쪽을 보고 기분 나쁘게 웃는 걸 보고 심장이 튀어 나올 만큼 놀랐소. 정말 부들부들 떨었지. 통가 녀석이 잽싸게 튀지만 않았어도 초주검을 만들어 버렸을 거요. 게다가 너무 서둘러 달아나는 바람에 막대기며 독침을 놓고 왔다더군. 선생도 그걸로 단서를 잡아 우릴 추격한 게 아니오? 선생이 어떤 방법을 써서 여기까지 왔는지는 몰라도 말이지. 하지만 나는 선생을 조금도 원망하지 않소. 생각해 보면 우스운 이야기로군."

그는 쓸쓸한 미소를 지으며 말을 이었다.

"난 50만 파운드를 나눠 가질 정당한 권리를 가지고 있소. 그런데 반평생을 안다만제도에서 방파제를 쌓는 데 보냈고, 나머지 반평생은 다트무어 교도소에서 하수도를 파며 보내야 한다니. 우연한 기회에 상인인 아흐마드를 알게 되었고 그 때문에 아그라의 보물과 관계를 맺게 된 그날이 모든 불행의 시작이었소. 보물을 가진 자는 불행해진다오. 아흐마드는 살해당했고, 숄토 소령은 보물을 손에 넣었기 때문에 평생을 죄책감과 두려움 속에서 살다 갔지. 이제 나는 나대로 평생 노예 같은 생활을 하게 되었소."

이때 얼굴이 크고 체격이 건장한 애설니 존스가 작은 선실 안으로 성큼 들어서며 말했다.

"분위기 한번 좋군요. 나도 한잔 마셔도 되겠습니까, 홈즈 선생님? 이제 서로를 위해 축배를 들어도 괜찮을 겁니다. 나머지 한 녀석을 생포하지 못한 게 좀 아쉽기는 하지만 그건 어쩔 수 없죠. 어쨌든 선생님은 정말 놀라운 솜씨를 발휘했습니다. 우리가 한 일이라곤 그저 증기선을 타고 뒤쫓는 것밖엔 없었으니까요."

"마무리를 잘하면 모든 일이 잘된 것처럼 보이죠. 그건 그렇고, 오로라 호가 그렇게 빠를 줄은 몰랐습니다."

홈즈가 말했다.

"스미스가 말하기를, 오로라 호는 이 템스 강에서도 가장 빠른 증기선 중 하나라고 하더군요. 누군가 기관실에서 엔진을 봐 줄 사람이 한 명만 더 있었어도 절대로 잡히지 않았을 거라는데요. 그리고 그 사람은 이번 노우드 사건에 대해서 정말 아무것도 몰랐다고 합니다."

형사의 말을 듣고 죄수가 외쳤다.

"그렇소! 그는 아무것도 모르오. 내가 그 사람의 배를 고른 것은 그 배가 빠르다는 소문을 들었기 때문이오. 그 사람에게는 아무 말도 안 했소. 그 대신 돈은 충분히 쥐어주기는 했지. 그리고 만약 우리가 그레이브센드에서 대기하고 있는 브라질행 에스메랄다 호에 무사히 도착하면 다시 충분한 보수를 줄 생각이었소."

"그렇군. 만약 그 사람이 정말 나쁜 짓을 하지 않았다면 벌을 받지 않도록 해야지. 우리가 나쁜 녀석들을 잡는 데는 아주 빠를지 몰라도 범인을 처벌하는 데는 신중하니까."

범인을 잡았다는 사실에 기분이 좋아진 존스가 벌써부터 잘난 척하는 모습을 보니 웃음이 터져 나오려 했다. 셜록 홈즈가 가볍게 웃고 있었다. 존스의 말이 그의 귀에도 들린 듯했다.

"곧 복스홀 다리에 닿을 겁니다. 거기서 왓슨 박사님은 보물 상자를 가지고 내리세요. 말씀드리지 않아도 잘 아시겠지만, 이런 일을 하면 나는 중대한 책임을 지게 됩니다. 이건 관례를 벗어난 일이긴 하지만 약속은 약속이니까요. 대신 나도 사안이 사안인 만큼 경관을 한 명 붙여 보내겠습니다. 엄청나게 값나가는 물건이니까요. 물론 마차로 가실 생각이시죠?"

"네, 마차로 갈 겁니다."

"그런데 열쇠가 없습니다. 열쇠가 있으면 여기서 먼저 내용물 목록을 만들 수 있을 텐데. 상자를 열려면 자물쇠를 부술 수밖에 없겠군요. 이봐, 열쇠는 어디에 있지?"

존스가 말했다.

"강바닥에 있습니다."

스몰이 무뚝뚝하게 말했다.

"정말 귀찮은 녀석이구먼. 당신 때문에 우리는 신물 날 정도로 고생했다고. 어쨌든 박사님, 조심해 달라는 말은 굳이 안 하겠습니다. 나중에 상자를 베이커 가로 갖고 오세요. 우리도 거기에 먼저 들렀다가 경찰서로 가겠습니다."

나는 무뚝뚝하지만 사람 좋은 경관과 함께 무거운 철제 상자를 들고 복스홀에서 내렸다. 세실 포레스터 부인 댁까지는 마차로 15분 정도 걸렸다. 늦은 시간에 손님이 찾아왔기에 하인이 놀라는 듯했다. 부인은 저녁부터 외출했는데 늦게야 돌아올 것이라고 했다. 하지만 모스턴 양이

거실에 있었으므로 나는 친절한 경관을 마차에 남겨 두고, 상자를 손에 들고 거실로 들어섰다.

그녀는 목깃과 허리에 붉은 빛이 조금 들어간 희고 얇은 옷을 입고 활짝 열어젖힌 창가에 앉아 있었다. 갓을 씌운 램프의 부드러운 불빛이 등나무 의자에 기대앉은 그녀 위로 쏟아져 무거운 표정을 한 그녀의 얼굴 위에서 노닐고 있었다. 그리고 탐스럽게 감아올린 머리카락도 그 빛을 받아 금속처럼 둔탁하고 은은하게 반짝였다. 하얀 한쪽 손을 의자 옆으로 축 늘어뜨리고 있는 그 모습을 보니 깊은 생각에 빠져 있는 모양이었다. 온몸에서 짙은 우수의 기운이 느껴졌다. 하지만 내 발소리를 듣고 그녀는 자리에서 벌떡 일어났다. 놀람과 기쁨으로 창백한 얼굴에 붉은 기운이 감돌기 시작했다.

"마차 소리가 들리기에 포레스터 부인이 빨리 돌아오신 줄 알았어요. 설마 당신이 오리라고는 꿈에도 생각지 못했어요. 이번에는 어떤 소식을 가지고 오셨나요?"

그녀가 말했다.

"소식보다도 더 좋은 것을 가지고 왔습니다."

그렇게 말하며 나는 상자를 테이블 위에 올려놓고 밝고 들뜬 목소리로 말했다. 그러나 그와 반대로 마음은 무거웠다.

"세상의 그 어떤 소식보다도 가치 있는 걸 가지고 왔습니다. 당신의 재산이죠."

그녀가 철궤를 한번 힐끗 쳐다봤다.

"그렇다면 이게 그 보물인가요?"

그녀가 아주 침착한 어조로 말했다.

"그렇습니다. 이게 그 위대한 아그라의 보물입니다. 절반은 당신의 몫이고 나머지 절반은 새디어스 숄토의 몫입니다. 각자 20만 파운드씩 손에 넣게 되는 겁니다. 생각해 보세요. 1년에 연금을 만 파운드나 받는 셈입니다! 영국을 다 뒤져도 당신보다 더 부유한 아가씨는 찾아보기 힘들겁니다. 정말 멋지지 않습니까?"

좀 더 허풍스럽게 기쁨을 표현할 걸 그랬나 보다. 그녀는 내 말에 담긴 공허한 울림을 알아차린 듯 눈썹을 조금 추켜올리며 나를 묘하게 바라봤다.

"만약 이 보물이 제 것이 된다면 그건 전부 박사님 덕분이에요."

그녀가 말했다.

"아니, 아닙니다. 그건 제가 아니라 친구인 셜록 홈즈 덕입니다. 분석의 천재인 홈즈도 단서를 잡는 데 고생을 할 정도였으니 저는 아무 손도 쓰지 못했죠. 사실 마지막 순간에 하마터면 보물을 되찾지 못할 뻔했으니까요."

내가 대답했다.

"여기 앉아서 무슨 일이 있었는지 자세히 들려주세요."

나는 저번에 그녀를 만난 다음부터 일어난 일을 간략하게 이야기했다. 홈즈의 새로운 수사 방법, 오로라 호의 발견, 애설니 존스의 출현, 저물녘의 모험, 그리고 템스 강에서의 맹렬한 추격까지. 그녀는 입술을 조금 벌린 채, 눈을 반짝이며 내 모험담에 귀를 기울였다. 아슬아슬하게 빗나간 독침에 대해 말했을 때에는 얼굴이 창백해졌다. 나는 그녀가 정신을 잃을까 봐 걱정이 되었다.

내가 서둘러 물을 따라 주자 그녀가 말했다.

"별일 아니에요. 이젠 괜찮아요. 저 때문에 두 분이 그런 위험을 당하셨다는 말에 조금 놀랐을 뿐이에요."

"이제 모두 끝난 일입니다. 그렇게 큰일은 아니었습니다. 이제 더 이상 무서운 이야기는 하지 않겠습니다. 지금부터 좀 더 밝은 이야기를 하지요. 자, 여기 그 보물이 있습니다. 이것보다 더 밝은 것이 있을까요? 그 누구보다도 당신에게 먼저 보여 주고 싶어서 특별히 경찰의 허락을 받아 가져왔습니다."

"정말 보고 싶군요."

그녀가 말했다. 하지만 그 목소리에는 열의라고는 하나도 없었다. 우리가 죽을 고생을 해서 손에 넣은 보물이니 흥미를 보이지 않으면 실례라고 생각한 듯했다.

"정말 아름다운 상자예요! 인도에서 만들 걸까요?"

그녀가 상자 위로 몸을 내밀며 말했다.

"그렇습니다. 인도 동부 갠지스 강변에 있는 힌두교의 성지, 베나레스에서 만든 금속 세공입니다."

상자를 들어 보려던 그녀가 커다란 소리로 말했다.

"무게도 상당하네요. 상자만 해도 가치가 대단하겠어요. 열쇠는 어디 있죠?"

"스몰이 템스 강에 던져 버렸답니다. 포레스터 부인의 불쏘시개라도 좀 빌려야겠는데요."

상자의 앞면에는 부처가 앉아 있는 모습을 새긴, 두껍고 폭이 넓은 자물쇠가 달려 있었다. 나는 그 밑으로 불쏘시개의 끝을 집어넣은 뒤, 그것을 지렛대 대신 이용하여 바깥쪽으로 힘껏 비틀었다. 큰 소리가 나더니 자물쇠가 떨어져 나갔다. 뚜껑을 여는 내 손가락이 떨렸다. 상자 안을 들여다본 우리는 너무 놀라서 한동안 말도 못한 채 멍하니 서 있었다. 상자 안은 텅 비어 있었다.

상자가 무거운 데는 다 이유가 있었다. 주위에 두른 철판의 두께가 1.5센티미터는 더 돼 보였다. 귀중품을 넣기 위해 정성스럽게 만들어진 튼튼한 상자였지만 그 안에는 보물 하나, 쇠붙이 한 조각도 없었다. 완전히 텅 비어 있었다.

"보물이 사라졌네요."

모스턴 양이 차분하고 조용한 목소리로 말했다. 그녀의 말을 듣고 그 뜻을 이해한 순간, 내 마음속에 있던 크고 어두운 그림자가 사라진 느낌이 들었다. 이 아그라의 보물이 얼마나 내 마음을 무겁게 짓누르고 있었는지, 그것이 완전히 사라져 버리고 나서야 깨달을 수 있었다. 나 자신만을 위한 이기적이고 비뚤어진 태도이겠지만, 내 머릿속에는 우리 둘 사이를 가로막고 있던 황금의 장벽이 사라졌다는 생각밖에 없었다.

"잘됐어!"

내가 진심을 담아 외치자, 그녀가 의아하다는 듯이 미소 지으며 나를 바라봤다.

"어째서죠?"

"당신이 제 손이 닿는 곳으로 다시 돌아왔기 때문입니다."

나는 모스턴 양의 손을 잡으며 말했다. 그녀는 내 손을 뿌리치지 않았다.

"메리, 당신을 사랑합니다. 누구보다도 더, 진심으로요. 이 보물, 이 막대한 부가 있었기에 그동안

제 말은 막혀 있었습니다. 하지만 이제 보물이 사라졌으니 지금은 당신을 얼마나 사랑하는지 말할 수 있어요. 그래서 저도 모르게 '잘됐어!'라고 외친 겁니다."

"그렇다면, 저도 '잘됐어.'라고 말해야겠네요."

내가 그녀를 안자 그녀가 이렇게 속삭였다. 누가 보물을 잃어버렸든 상관없었다. 그날 밤 보물을 손에 넣은 건 바로 나였다.

12. 조너선 스몰의 기묘한 이야기

 마차에서 날 기다리던 경관은 아주 참을성이 강한 사람이었다. 내가 돌아올 때까지 꽤 시간이 걸렸는데도 그는 마차 안에서 계속 기다리고 있었다. 내가 빈 상자를 보여 주자 그의 얼굴이 어두워졌다.
 "그럼 포상금이고 뭐고 다 끝이로군요. 돈이 없으니 포상금이 나오지도 않겠죠. 보물만 있었다면 나도 샘 브라운도 적어도 10파운드는 받을 수 있었을 텐데."
 그가 자못 우울한 표정으로 말했다.
 "새디어스 숄토 씨는 부자이니 보물이 있든 없든 사례를 하겠지요."
 내가 말하자 경관이 실망한 듯 고개를 저으며 어두운 얼굴로 말했다.
 "그렇게 할 수는 없습니다. 애설니 존스 씨도 그렇게 생각할 겁니다."
 그의 예언은 적중했다. 베이커 가로 돌아가서 상자를 내밀자 형사는 낯빛이 변할 만큼 크게 놀랐다. 그들은 도중에 계획을 바꿔 먼저 경찰서에 들러 일의 전말을 간단하게 보고했으므로 베이커 가에는 방금 도착했다고 했다. 홈즈는 평소와 다름없이 무표정한 얼굴로 팔걸이가 달린 의자에 앉아 있었다. 그 맞은편에 스몰이 건강한 다리 위에 의족을 얹은 채 멍하니 앉아 있었다. 내가 빈 상자를 보이자 그는 몸을 뒤로 젖히며 크게 웃었다.

"스몰, 네 녀석 짓이지?"

애설니 존스가 화난 얼굴로 말했다.

"당연하지. 네 녀석들의 손이 절대 닿지 않는 곳에 숨겨 두었다!"

스몰이 자랑스럽다는 듯이 소리쳤다.

"그건 내 보물이야. 내가 가질 수 없다면 다른 누구에게도 건네줄 수 없지. 말해 두겠는데 그 보물을 소유할 권리를 가진 건 나랑 안다만 교도소에 있는 세 녀석뿐이야. 이제 나한테는 보물이 소용없게 되었고, 나머지 셋도 나와 마찬가지 신세. 나는 우리를 대표해서 지금까지 그런 고생을 한 거라고. 우리 사이에서는 '네 개의 서명'이라는 말이 암호처럼 통했지. 그 사람들도 틀림없이 나처럼 행동했을 거야. 숄토나 모스턴의 가족들에게 보물을 넘겨 줄 바에는 차라리 템스 강에 던져 버리는 게 나을 거라고 생각했을 거라고. 그런 녀석들을 부자로 만들어 주기 위해서 아흐마드를 해친 게 아냐. 보물은 열쇠가 있는 곳, 그리고 난쟁이 원주민 통가가 있는 곳에 있다. 당신들 배가 우리를 추격한다는 사실을 알았을 때 보물은 안전한 장소에 뿌려 두었지. 나를 열심히 추격했지만 당신들 손에는 단 한 푼도 들어가지 않을 거야."

"거짓말 하지 마라, 스몰. 보물을 템스 강에 처넣을 생각이었다면 상자째 처넣는 게 훨씬 더 간단하지 않은가?"

애설니 존스가 말했다.

"던지는 게 간단하면 당신들이 찾기도 간단하겠지."

영악한 눈빛으로 쏘아보며 스몰이 대답했다.

"내 뒤를 쫓을 만큼 영리한 사람에게 강바닥에 있는 철궤를 건져 올리는 일쯤은 식은 죽 먹기일 거야. 하지만 지금 보물은 8킬로미터에 걸쳐서 흩어져 있으니 찾는 게 그리 간단하지는 않을걸. 보물들을 버릴 때는 가슴이 미어지는 듯했지. 당신들에게 쫓길 때는 반쯤 미쳐 있었어. 하지만 억울해해도 소용없는 일이지. 지금까지 살아오면서 좋을 때도 있었고 나쁠 때도 있었으니까. 하지만 나는 지난 일에 붙잡혀서 울고불고 하지 않기로 결심했다고."

"이건 아주 중요한 문제다, 스몰! 그렇게 정의에 어긋나는 짓은 하지 말게. 만약 네가 우리에게 협력했다면 재판에 유리하게 작용했을 거야."

존스가 말했다.

"정의라고?"

그 전과자가 으르렁거렸다.

"거참 훌륭한 정의 타령이군! 그 보물만 해도 우리 것이 아니라면 대체 누구 것이란 말이지? 자격도 없는 녀석들에게 보물을 넘겨줘야 하는 게 정의라고? 내가 어떤 고생을 해서 그것을 손에 넣었는지 말해 주지. 20년이라는 세월 동안 그 푹푹 찌는 늪지에서 낮에는 맹그로브 나무 아래서 일하고, 밤에는 더러운 수용소에서 사슬에 묶인 채 모기에게 뜯기고, 말라리아에 시달리고, 게다가 백인 죄수 괴롭히는 걸 인생의 낙으로 아는 흑인 간수 놈들에게 괴롭힘을 당하며 지냈다. 그렇게 고생한 끝에 간신히 아그라의 보물을 손에 넣었는데 그 보물을 엉뚱한 녀석들에게 내놓지 않았다고 해서 정의에 어긋난다 어쩐다 하는 거냐? 알지도 못하는 녀석들이 내 돈을 가지고 궁전 같은 집에서 사는 모습을 생각하며 감옥에서 분하게 살아가느니, 차라리 스무 번이라도 교수형을 당하거나 통가의 독침에 찔리는 편이 100배는 더 낫겠다!"

지금까지 스몰은 자신을 잘 억제해 왔지만 이쯤 되자 그 가면을 벗어 버리고 소리를 질러 댔다. 그의 눈은 불타오르는 듯 빛났으며, 흥분해서 손을 흔들 때마다 수갑이 덜컥거렸다. 무시무시하게 흥분하고 분노하는 모습을 보고, 이 사내가 자신을 노린다는 사실을 안 숄토 소령이 두려움에 휩싸인 것도 당연하다는 생각이 들었다.

홈즈가 조용한 목소리로 말했다.

"당신은 우리가 그 사정을 전혀 모른다는 점을 잊은 모양입니다. 우리는 당신의 이야기를 들어본 적이 없으니 당신이 얼마나 옳은지 알 수가 없지요."

"그렇군. 당신은 처음부터 나를 인간적으로 대해 주었지. 당신 덕분에 손목에 이런 걸 차게 됐지만 그렇다고 당신을 원망하지는 않소. 당신은 조금도 잘못한 게 없으니까. 모든 일은 다 공명정대하게 이루어졌소. 내 이야기를 듣고 싶다니 하나도 남김없이 전부 이야기해 주겠소. 하늘에 맹세코 지금부터 하는 이야기는 전부 사실이오. 단 한마디도 거짓을 말하지 않겠소. 미안하지만 여기에 컵을 놔 주시오. 목이 마르면 내가 직접 마실 테니.

난 우스터셔 사람이고 태어난 곳은 퍼쇼 근처요. 조사해 보면 알겠지만 그 부근에는 스몰이라는 성을 가진 사람들이 헤아릴 수도 없이 많소. 늘 그곳에 가 보고 싶었지만 솔직히 말해서 집안의 명예가 될 만한 일은 하나도 안 했고, 가 봐야 환영받을 리도 없소. 집안사람들은 모두 성실하고, 교회에도 꼬박꼬박 나가는 신앙심 깊은 사람들이오. 농부들이지. 나는 떠돌이 기질이 있었고 늘 사고를 치고 다녔지만 다른 친척들은 그 지역에서 제법 착실하다고 인정받는 사람들이었소. 내가 열여덟 살이 됐을 때, 어떤 아가씨 때문에 문제가 생겼소. 군대에 들어가는 것만이 그 문제에서 벗어날 딱 하나의 방법이었어. 그래서 군에 자원했는데 마침 인도로 파견될 보병 제3연대에 배속된 거요.

하지만 애초부터 나는 군대에서 오래 있을 운명이 아니었어. 간신히 군대식으로 보조를 맞춰 걸을 수 있게 되고 머스킷 총[15]을 다룰 수 있게 되었을 무렵, 나는 멍청하게도 수영을 하겠다고 갠지스 강으로 갔소. 정말 운 좋게도 같은 중대에 있던, 물개라고 소문난 하사관 존 홀더가 내 옆에서 같이 수영을 하고 있었지. 나는 헤엄을 쳐서 강 한가운데까지 갔는데 그때 악어가 달려들었소. 그러고는 내 오른쪽 다리 무릎 위쪽을 마치 외과 의사처럼 깨끗하게 물어뜯어 버렸소. 난 심한 충격과 출혈로 기절했는데, 만약 그때 홀더가 나를 기슭까지 끌어내지 않았다면 벌써 물에 빠져 죽었을 거요. 덕분에 다섯 달이나 병원 신세를 졌소. 이 의족을 하고 다리를 절름거리며 간신히 걸을 수 있게 되어 병원에서 나왔더니, 더 이상은 써먹을 데가 없다며 군대에서 나를 내쫓았소. 그런 몸으로 다른 일을 할 수 있는 처지도 아닌데 말이야.

생각해 보시오. 아직 스무 살도 안 됐는데 아무짝에도 쓸모없는 인간이 되어 버린 내 마음을. 그야말로 깊은 불행의 늪으로 빠져 버린 심정이었소. 하지만 얼마 지나지 않아서 이 불행은 행복으로 이어졌지. 인도에 쪽[16]을 재배하러 온 아벨 화이트라는 사람이 있었는데 마침 자기 농장의 일꾼들을 감시할 감독을 찾고 있었소. 그런데 그 사람은 내가 사고를 당한 뒤에 날 각별히 신경 써 주던 우리 연대장의 친구였소. 다른 자잘한 이야기는 그만두고, 어쨌든 대령이 나를 노동자들의 감독으로 써

---

15) musket. 초기의 총으로, 현대 총기의 기본적인 형태를 갖추고 있는 흑색 화약 무기이다.
16) indigo. 원산지는 중국. 인도차이나이며 아시아와 유럽에 분포하는 한해살이풀. 잎은 염료로 쓴다.

달라며 추천을 해 줬소. 그 일은 대부분 말을 타고 하는 것이었기 때문에 다리는 크게 문제될 게 없었지. 무릎은 온전하게 남아 있었기 때문에 말 정도는 충분히 탈 수 있었소. 내 일은 말을 타고 농장을 돌아다니면서 일꾼들이 일하는 모습을 살피고, 게으름을 피우는 녀석이 있으면 보고하는 것이었소. 월급도 충분했고, 숙소도 살기 편해서 나는 완전히 만족했소. 남은 일생을 여기에서 보내도 좋다고 생각했지. 아벨 화이트 씨는 친절한 사람이었고 곧잘 내 숙소에 들러서 함께 담배를 피우곤 했소. 외지에서 사는 백인들끼리는, 본국에 있는 사람들은 이해할 수 없는 정을 서로 느끼게 마련이오.

하지만 그 행운은 그리 오래 가지 않았소. 느닷없이 대폭동[17]이 일어났거든. 그 전까지만 해도 인도는 서리 주나 켄트 주만큼 조용하고 평화로웠소. 그런데 그 달이 되자 20만이나 되는 검은 악마들이 일제히 뛰쳐나와 나라 전체가 마치 지옥을 방불케 했지. 당신들도 잘 알고 있을 거요. 아마 나보다도 훨씬 더 잘 알고 있을걸. 난 책 같은 건 딱 질색이니까. 난 그저 내 눈으로 직접 본 사실만 알 뿐이오. 우리 농장은 북서 지방 각 주의 경계선 가까이에 있는 무트라라는 곳에 있었소. 매일 밤이면 불타오르는 방갈로 때문에 하늘이 죄다 빨갛게 물들었소. 매일 낮에는 유럽 사람들이 몇몇씩 무리지어 아내와 아이들을 데리고 가장 가까이에 있는 군대의 주둔지였던 아그라로 가기 위해 우리 농장을 지나갔다오. 아벨 화이트는 완고했소. 사건이 과장돼서 전해진 거라면서, 갑자

---

17) 세포이의 항쟁. 1857년부터 1859년까지 인도에서 영국 동인도회사에 고용된 용병(세포이) 중 일부가 일으킨 항쟁으로, 인도에서는 '제1차 인도 독립 전쟁'이라고도 한다. 당시 영국은 동인도회사를 통해 간접적으로 인도를 통치하고 있었다. 그러나 항쟁에 가담한 세포이들이 무굴 제국의 황제를 받들고 제국의 부활을 꿈꾸자. 영국 정부는 그들을 진압한 뒤 무굴 제국을 멸망시켰다. 또한 동인도회사를 폐지하고 빅토리아 영국 여왕을 인도 황제로 세워 직접 통치에 나섰다.

기 일어난 일이니 갑자기 끝나 버릴 것이라고 지레짐작한 거요. 나라 전체가 불에 타는데도 그는 베란다에 앉아서 위스키를 마시기도 하고 담배를 태우기도 했소. 물론 우리, 나와 도슨은 그의 곁을 떠나지 않았소. 도슨은 아내와 함께 농장에서 살면서 장부를 정리하고 관리하는 일을 하던 사람이었소. 그런데 어느 맑은 날, 기이코 파멸이 찾아오고 만 것이오. 그날 멀리 있는 농장에 간 나는 저녁 무렵에야 말을 타고 천천히 숙소로 돌아가고 있었소. 도중에 가파른 산 계곡이 있는데 그 밑바닥에 너덜너덜한 덩어리 같은 것이 보였소. 뭔지 보려고 말을 탄 채 내려가 봤는데, 그 순간 나는 깜짝 놀라 심장이 얼어붙는 줄 알았소. 그건 갈가리 찢긴 도슨 부인이었소. 시체의 절반은 이미 자칼과 들개들에게 뜯어 먹혔고. 그 길을 따라 조금 더 앞으로 나가 보니 거기에는 완전히 숨통이 끊긴 도슨이 총알 없는 빈 권총을 손에 든 채 엎어져 있었고, 그 앞에는 세포이 네 명이 몸을 포갠 채 죽어 있었소.

나는 어디로 가야 할지 몰라서 말의 고삐를 잡아당겼소. 바로 그때 아벨 화이트 씨의 방갈로에서 뭉게뭉게 연기가 피어오르더니 지붕 위로 불길이 타올랐소. 이렇게 됐으니 이미 화이트 씨를 돕기에는 늦었다는 걸 알았소. 쓸데없는 짓을 해 봤자 나만 죽을 판이었지. 내가 서 있는 곳에서 몇백 명이나 되는 검은 악마들이 등에 붉은 웃옷을 걸친 채 불타오르는 집 주위에

서 춤을 추고 소란을 피우는 모습을 똑똑히 볼 수 있었소. 그중 몇 명이 손가락으로 내 쪽을 가리키는가 싶더니 총알 두어 발이 휭 소리와 함께 내 귀를 스치고 지나갔소. 나는 밭을 가로질러 죽을힘을 다해 도망쳤고 밤늦게야 간신히 아그라의 성벽 안으로 들어갈 수 있었소.

그런데 거기도 그리 안전하지는 못했소. 워낙 나라 전체가 벌집을 쑤셔 놓은 듯이 어수선했으니까. 영국인 몇 명이 모이면 총을 들고 방어했소. 거기서 한 발짝만 밖으로 나가면 영국인들은 아무것도 할 수 없는 도망자 신세였소. 몇백 명의 인원으로 몇백 만이나 되는 사람들을 상대해야 하는, 계란으로 바위를 치는 것과 같은 싸움이었으니. 그리고 더욱 기가 막힌 것은, 보병이든 기병이든 포병이든 우리 적은 전부 우리가 교육하고 훈련시켜 만든 현지인 정예부대였다는 점이오. 그들은 우리 무기를 손에 들고 우리 나팔을 불며 전진했소. 아그라에는 제3 벵골 퓨질리어 연대와 시크교도[18]인 병사들, 그리고 기병 2개 중대와 포병 1개 중대가 있었소. 사무원과 상인들로 구성된 의용군이 생겼고 나도 의족을 한 채 거기에 가담했소. 우리는 7월 초에 샤군지에서 반란군을 맞아 싸웠는데 처음에는 녀석들을 물리쳤지만 곧 탄약이 다 떨어져 다시 마을까지 후퇴해야만 했소.

들리는 소식들도 죄다 나쁜 것들뿐이었소. 지도를 보면 알겠지만 우리는 폭동의 한가운데에 있었소. 동쪽으로 160킬로미터만 가면 러크나우[19]가 있었고, 남쪽으로 그 정도를 가면 카운포르[20]가 있었지. 여기저

18) 15세기 인도 북부에서 나나크(Nanak, 1469~1538)가 힌두교의 신애信愛 신앙과 이슬람교의 신비사상을 융합해서 만든 종교이다. 현재 세계 5대 종교 중의 하나로 꼽힌다.
19) Lucknow. 인도 북부에 있으며, 세포이 항쟁의 중심 도시였던 까닭에 나중에 영국군에게 포위되었다.
20) Cawnpore. 인도 북부, 우타르 프라데시 주 중부에 있는 상공업 도시. 오늘날에는 칸푸르Kanpur라 불리며, 1857년 세포이의 항쟁 때 영국인이 많이 살해당했다고 한다.

기에서 고문, 살인, 폭행이 일어났소.

아그라는 커다란 도시요. 광신도와 온갖 무시무시한 악마 숭배자들로 득실거리는 곳이지. 좁고 구불구불한 길로 이루어진 그곳에 있으면, 얼마 되지 않는 우리 군대는 죄다 길을 잃고 헤맬 판국이었소. 그래서 지휘관은 강 건너 아그라의 낡은 요새로 본거지를 옮겼소. 당신들 중에서도 이 낡은 요새 이야기를 읽었거나 들은 사람이 있을지 모르겠지만 어쨌든 매우 기묘한 곳이었소. 나도 별별 곳에 꽤 많이 다녀 봤지만 그렇게 이상한 곳에는 그 전에도 그 후에도 가 본 적이 없다오. 무엇보다도 우선 어마어마하게 넓어서 넓이만 해도 몇 에이커나 되었을 거요. 일부는 새로 지었는데, 그곳은 수비대의 병사들은 물론이고 여자들과 식량까지 모두 수용하고도 상당한 공간이 남을 정도였소. 하지만 그 새로 지은 곳도 낡은 곳에 비하면 그리 넓은 것도 아니었지. 낡은 곳에는 전갈과 지네가 득실거려서 아무도 드나들지 않았소. 황폐해질 대로 황폐해진 커다란 홀, 구불구불한 통로, 좌우로 구불구불 길게 이어진 회랑 같은 것이 곳곳에 있어서 한 번 길을 잃으면 쉽게 나올 수 없는 구조요. 그 때문에 거기에 들어가는 사람은 거의 없었고 아주 가끔 횃불을 든 무리들이 탐험을 하러 들어가는 정도였소.

그 낡은 요새 정면으로는 강이 흘러 경계막 역할을 해 주었소. 하지만 양쪽 옆 부분과 뒷부분에는 문이 많이 있어서 경비를 세울 필요가 있었소. 실제로 우리 부대가 머물고 있던 새로운 요새뿐만 아니라 그 낡은 요새의 문에도 말이오. 그런데 워낙 사람이 부족한 터라 건물 모퉁이마다 총 든 병사를 배치하기도 어려운 형편이었소. 그랬으니 헤아릴 수도 없이 많은 문에 하나하나 경비병을 세우는 건 더더욱 불가능했지. 그래서 하는 수 없이 요새 중앙에 경비 본부를 두고 문마다 백인 한 명에 현지인 두어 명을 붙여 경비를 세우기로 했소. 나는 건물의 서남쪽에 있는 조그만 문을 맡아, 밤에 몇 시간 동안 지키게 되었소. 시크교도인 기병 두 사람이 부하로 붙었고, 만약 무슨 일이 일어나면 머스킷 총으로 신호를 보내라는 말을 들었소. 그러면 본부에서 바로 지원을 나오기로 했지. 하지만 경비 본부와는 200걸음 이상이나 떨어져 있는 데다, 본부와 내가 지키는 문 사이에는 미궁처럼 복잡한 통로와 회랑이 어지럽게 얽혀 있었소. 그래서 실제로 습격을 받았을 때, 과연 지원병들이 제때 도착할 수 있을지 의심스러운 상황이었소.

하지만 나는 부하 둘이 딸린 작은 부대의 지휘관을 맡은 것이 자랑스러웠소. 난 자원 입대한 신병인 데다가 절름발이였으니까. 부하인 펀자브 출신 사람들과 함께 나는 이틀 밤을 연달아 경계를 섰소. 모두 키가 크고 우락부락하게 생긴 사람들이었소. 이름은 무함마드 싱과 압둘라 칸이라고 했소. 칠리언월라[21]에서 무기를 빼앗아 반란에 가담했던 전적도 있는 노련한 병사들이었소. 두 사람 다 영어를 상당히 잘했지만 나와는 거의 이야기를 나누지 않았소. 언제나 둘이서만 붙어다녔고 밤새도록 알아들을 수 없는 이상한 시크교도의 말로 지껄였소. 나는 혼자 문 옆에 서서 굽이굽이 흐르는 폭넓은 강과 커다란 마을의 반짝이는 불빛을 바라보았소. 북소리, 징을 쳐대는 소리에 아편과 대마에 취한 반란자들이 악쓰는 소리를 듣고 있노라면, 강 건너에 위험한 상대들이 있다는 사실이 가슴에 아주 깊이 새겨졌소. 그리고 두 시간 간격으로 야간 당직을 맡은 사관이 순찰을 돌며 이상이 없는지를 확인했소.

---

21) Chilianwallah. 인도 서북쪽의 펀자브 지방에 위치한 곳. 제2차 시크교도 전쟁이 한창이던 1849년 1월 13일, 이곳에서 영국군과 시크교인들 사이에 큰 전투가 있었다.

보초를 선 지 사흘째 되던 날 밤은 어둡고 강한 비바람이 몰아치는 궂은 날이었소. 그런 날씨에 몇 시간이고 문 옆에 서 있으면 정말 지루하기 짝이 없지. 나는 시크교도들의 입을 열어 보고자 몇 번이나 말을 걸었지만 그들은 별 대답이 없었소. 오전 2시에 사관이 순찰을 왔기에 그나마 조금은 무료함을 달랠 수 있었소. 아무리 해도 두 사람이 말상대를 해 줄 것 같지 않아서 나는 파이프를 꺼내 성냥으로 불을 붙이려고 잠시 총을 밑에 내려놓았소. 그때, 갑자기 두 시크교도가 나한테 달려들었소! 한 녀석은 내 총을 낚아채더니 총부리를 내 머리에 갖다 댔고, 다른 한 녀석은 커다란 칼을 목에 대고는 나지막하게 '한 발짝이라도 움직이면 찌르겠다.'고 말했소.

순간 내 머릿속에 이 녀석들은 반란군과 한패이고, 드디어 공격이 시작되는 게 아닐까 하는 생각이 떠올랐소. 만약 이 문이 세포이의 손에 떨어진다면 요새는 함락될 거고, 여자와 아이들은 카운포르에서와 똑같은 일을 당하게 될 게 뻔했소. 혹시 당신들은 내가 적당히 이야기를 꾸며 낸다고 여길지도 모르지만, 목에 칼끝이 들어온 순간에 나는 여자와 아이들을 떠올리며 어차피 여기서 죽을 거라면 있는 힘껏 소리를 질러 경비 본부에 알려야겠다고 생각했소. 그런데 나를 붙잡고 있던 녀석이 내 생각을 눈치 챘는지, 내가 용기를 내서 소리를 지르려고 한 순간에 이렇게 속삭이더군.

'소란 피우지 마. 요새는 안전하다. 이쪽에 반란군의 개는 없으니까.'

녀석이 거짓말을 하는 것 같지는 않았고, 소리를 지르면 내 목숨이 끊어질 거라는 사실도 잘 알고 있었소. 녀석의 갈색 눈이 그렇게 말하고 있었거든. 그래서 나는 입을 다물고 녀석들이 바라는 게 뭔지 녀석들의 동태를 살피며 알아보기로 마음먹었소.

'이봐, 잘 들으라고.'

키가 크고 험상궂게 생긴 압둘라 칸이라는 녀석이 이렇게 말했소.

'우리 편이 될 건지, 영원히 입을 다물 건지 택해라. 이건 아주 중요한 일이라 여기서 꾸물댈 시간이 없다. 마음과 영혼 모두 우리 편이 되겠다고 기독교도들의 십자가에 걸고 맹세하든지, 아니면 오늘 밤 시체가 돼서 구덩이 속으로 던져지든지. 그렇게 된다 해도 우리야 반란군 형제들에게 돌아가면 되니까. 어쨌든 둘 중에 하나를 택해라. 다른 길은 없다. 어느 쪽을 선택할 거냐? 죽느냐, 사느냐. 마음을 정할 때까지 3분을 주겠다. 그 이상은 안 돼. 시간이 없다. 다시 순찰이 오기 전까지는 일을 완전히 마쳐야 하니까.'

내가 말했소.

'어떻게 마음을 정하라는 건가? 나한테 뭘 원하는 건지 아직 아무 말도 듣지 못했다. 하지만 이것만은 말해두지. 만약 이것이 요새의 안전을 위협하는 일이라면 절대로 협상은 하지 않겠다. 차라리 망설이지 말고 칼로 내 목을 찔러라.'

녀석이 말하더군.

'요새의 안전과는 아무 관계도 없다. 너희 나라 사람들이 여기 인도에서 찾는 것, 그것을 주겠다는 소리다. 널 부자로 만들어 주겠다. 오늘 밤,

우리와 함께 행동한다면 너에게도 공평하게 보물을 나누어 주겠다. 이 칼끝에 걸고, 그리고 시크교도가 결코 범한 적이 없었던 삼중의 맹세를 걸고 맹세한다. 보물의 4분의 1은 네 것이 되는 셈이지. 이보다 더 공평한 이야기도 없을 거야.'

'보물이라니? 무슨 보물을 말하는 거지? 나도 누구 못지않게 부자가 되고 싶다. 하지만 무슨 수로 부자가 될 수 있다는 소리냐?'

내가 묻자 그 녀석이 말했소.

'그럼 맹세를 해라. 네 아버지의 뼈와 어머니의 명예와 네가 믿는 십자가에 걸고. 지금부터 우리들을 배신하지도 거역하지도 않겠다고.'

내가 답했소.

'맹세하겠다. 요새가 위험에 처하는 일만 없다면.'

'그렇다면 우리도 보물의 4분의 1을 네게 주겠다고 맹세한다.'

내가 다시 말했소.

'여기엔 우리 셋 밖에 없는데?'

'도스트 아크바르에게도 가질 권리가 있다. 그가 오기 전에 대충 사정을 이야기해 두지. 무함마드 싱, 문 쪽에 서 있다가 누가 오면 신호를 주게. 이봐, 사실은 이렇게 된 거다. 이런 이야기를 하는 건 유럽 사람들도 약속을 중요하게 생각하고 또 네가 믿을 만하다고 생각했기 때문이다. 만약 네가 허풍쟁이 힌두교도였다면 그 사기꾼 같은 신전의 신들을 전부 걸고 맹세하더라도 지금쯤 이 칼이 네 피로 물들었을 거고, 네 몸뚱이는 도랑 속에 있었을 거야. 하지만 시크교도들은 영국인을 잘 알고, 영국인도 시크교도를 잘 알지. 그러니 내 이야기를 잘 들어봐.

북쪽 지방에 비록 영지는 좁지만 굉장한 재산을 가진 군주가 있다. 아버지가 막대한 재산을 물려 줬고 자신도 엄청난 부를 축적했지. 아주 인색한 사람이라 돈을 쓰기보다는 쌓아 두기를 좋아해. 이번 난리가 터지자 그 군주는 사자와 호랑이, 그러니까 세포이와 동인도회사 양쪽 모두와 친하게 지내려 했다. 하지만 그가 보기에 곧 백인 천하도 끝나 버릴 것이라고 생각했던 모양이야. 왜냐히면 니라 곳곳에서 백인이 살해당했다거나 전투에서 졌다는 이야기만 들려왔으니까. 그렇지만 그는 용의주도했기 때문에 결과가 어떻게 되든 적어도 보물의 절반은 자기 손에 남도록 계획을 세웠지. 자기 손으로 금과 은을 궁전 지하 창고에 감춰 두었어. 그리고 가장 값나가는 보석과 진귀한 진주는 철궤에 넣어 상인으로 변장한 믿을 만한 신하에게 들려서 아그라의 요새로 보냈어. 그러고 나서 평화로워질 때까지 거기에 숨겨두기로 했지. 그러니까 반란군이 이기면 금과 은이 남고, 동인도회사가 이기면 보물이 남는 거지. 이렇게 재산을 양쪽으로 나눠서 보관한 뒤, 그는 세포이와 손을 잡았다. 영지 주변에서는 그쪽이 우세했으니까. 이제부터가 중요해. 녀석이 보물을 그렇게 해 둔 이상 그것은 당연히 그에게 충성한 사람들의 몫이야.

아흐마드라는 이름으로 상인 행세를 하는 그 신하는 지금 아그라 마을에 와 있는데 요새 안으로 들어올 기회를 엿보고 있다. 그 사람이 함께 데리고 다니는 사람이 바로 나와 한 젖을 먹고 자란 의형제 도스트 아크바르다. 그 녀석이 이 모든 비밀을 알아냈지. 도스트 아크바르가 오늘 밤 그 가짜 상인에게 뒷문을 통해서 들어올 수 있도록 해 주겠다고 약속했다. 그 뒷문이 바로 이 문이야. 녀석이 곧 여기로 올 텐데 나와 무함마드 싱이 그들을 맞기로 했지. 알다시피 이곳은 인적이 없는 조용한 곳이고 녀석이 온다는 사실은 아무도 몰라. 상인 아흐마드는 쥐도 새도 모르게 오늘 세상에서 사라질 거고 군주의 막대한 보물은 우리들이 나눠 갖게 되는 거지. 어떤가?'

우스터셔에서는 한 사람 한 사람의 목숨을 존귀하고 신성한 것이라고
여겼소. 하지만 주위가 온통 불바다에 피바다인 곳에서는 이야기가 달
랐소. 골목길을 돌 때마다 시체가 나뒹굴고 있으니 나도 이미 그런 모습
에 익숙해졌던 거요. 상인 아흐마드가 죽든지 말든지 내게 그건 공기만
큼의 무게도 없는 문제였소. 하지만 보물 이야기를 들으니 곧 귀가 솔깃
해지더군. 보물이 있으면 고향에서 어떤 일들을 할 수 있을지, 예전에 손
가락질이나 받던 망나니가 주머니에 금화를 가득 채워서 돌아오면 가족
들이 어떤 표정을 지을지를 생각해 보았소. 그러니까 나는 이미 결정을
내린 거지. 그런데 압둘라 칸은 내가 망설이는 줄 알았는지 자꾸만 나를
재촉했소.

'한번 생각해 보라고. 사령관에게 잡히면 녀석은 교수형이나 총살을
당할 거야. 보물은 정부에서 가져갈 거고, 그렇게 되면 누구도 땡전 한
푼 손에 넣을 수 없게 돼. 그러니까 녀석을 우리 손으로 해치우고 뒤처
리까지 깨끗이 해 주겠다는 데 누가 뭐라고 하겠나? 보석이 동인도회사
의 금고에 들어가는 대신 우리들 손에 들어온다 해서 이상할 것도 없지.
우리 모두가 큰 부자가 될 수 있을 만큼 보석은 충분하다. 이 일이 다른
사람에게 알려질 리는 없어. 알다시피 여기엔 우리밖에 없다. 이건 하늘
이 준 기회야. 자, 다시 한 번 묻겠다. 우리와 뜻을 같이 하겠는가? 아니
면 우리의 적이 되겠는가?'

내가 말했소.

'나는 너희와 뜻을 같이 하겠다.'

'잘 생각했다. 우리도 너를 믿겠다. 너도 우리처럼 약속을 확실하게 지
킬 것이라 생각한다. 이제 내 의형제와 상인이 오기를 기다리기만 하면
된다.'

녀석은 그렇게 대답하며 총을 돌려주었습니다.

'그렇다면 네 형제도 이 계획을 알고 있단 말인가?'

내가 묻자 그의 대답은 이랬지.

'이건 원래 내 형제가 세운 계획이다. 녀석이 생각해 낸 거야. 이제 문쪽으로 가서 무함마드 싱과 함께 보초를 서자.'

마침 막 우기로 접어든 때라 줄기차게 비가 쏟아지고 있었소. 두꺼운 갈색 구름이 천천히 하늘을 가로질러 흘러가고 있었고, 주위는 온통 뿌옇게 흐려져 어두웠기 때문에 돌을 던져서 떨어질 정도의 거리까지만 보였소. 문 앞에 깊은 도랑이 있었지만 물이 거의 말라붙은 곳이 여기저기에 있었기 때문에 건너는 건 식은 죽 먹기였소. 험상궂은 두 펀자브 사람과 함께 그런 곳에 서서, 아무것도 모르고 죽으러 오는 사람을 기다리자니 참으로 기분이 묘했소.

갑자기 도랑 건너편에서 갓을 씌운 램프가 반짝이는 것이 보였소. 그것이 흙으로 만든 제방 밑으로 사라지는가 싶더니 곧 다시 나타나 천천히 이쪽을 향해 다가오기 시작했소.

'왔다!'

내가 소리 높여 외치자 압둘라가 작은 소리로 이렇게 말했소.

'평소와 다름없이 상대에게 정체를 물어라. 겁을 주면 안 돼. 그리고는 우리를 녀석과 함께 안으로 들여보내라. 네가 여기서 망을 보고 있으면 나머지 일은 우리가 알아서 하겠다. 램프의 갓을 언제든지 벗길 수 있도록 해 두어라. 상대가 맞는지 확인해야겠다.'

불빛은 흔들리며 멈추기도 하고 움직이기도 하면서 우리 쪽으로 다가왔소. 그리고 드디어 도랑 건너편 둑에 검은 그림자 두 개가 보였지. 그 그림자가 둑 경사면을 기어 내려와서 웅덩이를 철벅철벅 건넌 다음, 문

밑의 둑을 반쯤 기어올랐을 때 난 그들의 정체를 물었소.

'거기 누구냐?'

나는 목소리를 죽여서 말했소.

'아군이다.'

상대의 대답을 들은 나는 램프의 갓을 벗겨 내서 두 사람을 향해 비췄소. 앞에 있는 사람은 놀랄 만큼 몸집이 큰 시크교도로 검은 턱수염을 허리께까지 늘어뜨리고 있었소. 그때까지 그렇게 큰 사람은 서커스에서나 보았소. 또 다른 사람은 키가 작고 뚱뚱했는데, 머리에 크고 노란 터번을 둘렀고 손에는 보자기로 감싼 짐을 들고 있었소. 겁을 먹었는지 온몸을 부들부들 떨었지. 말라리아에 걸려 발작을 일으킨 사람처럼 두 손을 떨었고, 마치 구멍에서 나오려는 쥐처럼 조그만 눈알을 두리번댔고, 고개는 양옆으로 돌려 댔소. 이 사람을 죽여야 한다고 생각하니 등줄기가 오싹해졌지만, 보물을 생각하니 마음이 부싯돌처럼 굳어지면서 다시 침착해졌소. 그 사람은 내 하얀 얼굴을 보더니 환호성을 지르며 내게 달려들었소.

'살려 주십쇼, 나리. 가엾은 상인 아흐마드를 보호해 주십쇼. 아그라의 요새에 숨기 위해서 인도 서북부 라지푸타나에서 여기까지 달려온 사람입니다. 동인도회사의 앞잡이라며 가진 물건을 전부 빼앗기고, 두드려 맞고, 말로는 다할 수 없는 일들을 당했습니다. 오늘은 정말 축복받은 밤입니다. 보잘것없는 제 물건을 들고 이렇게 안전한 장소로 들어왔으니.'

'그 꾸러미 안에는 뭐가 들었지?'

내가 물었소.

'철궤입니다. 가족들이 쓰던 하찮은 물건 한두 개가 들었습니다. 다른 사람들에게는 아무 값어치도 없지만, 제게는 더할 나위 없이 귀한 물건들이죠. 하지만 저는 거지가 아닙니다. 말씀드린 대로 안에 들어가게만 해 주신다면, 당신과 지휘관님께 사례하겠습니다.'

그가 대답했지만 나는 더 이상 그 사람과 이야기를 나눌 자신이 없었소. 그 겁먹은 통통한 얼굴을 볼수록 냉정하게 죽일 수 없을 것 같았으니까. 잽싸게 해치우는 게 가장 좋은 방법이었소.

'이 사람을 경비 본부로 데리고 가게.'

내가 말하자 두 시크교도가 상인의 양 옆에 바싹 달라붙고 커다란 사내가 뒤에 붙은 채 그대로 어두운 문 안으로 들어가 버렸소. 그 상인은 완전히 죽음에 둘러싸인 꼴이 된 거요. 나는 램프를 든 채로 성문에 남아 있었소.

그들이 걸어가는 규칙적인 발소리가 회랑에 울려 퍼졌소. 갑자기 발소리가 그치더니 이야기하는 소리와 옥신각신하는 소리가 들렸고 치고받는 소리가 들려왔소. 그 직후에 내 쪽으로 향하는 발소리가 들리더니 누군가 숨을 헐떡이며 맹렬한 기세로 달려왔소. 나는 두려움에 꼼짝도 못하고 그 자리에 서 있었지. 램프로 길게 죽 뻗은 통로를 비춰 보니 그 뚱뚱한 사내가 피투성이가 된 얼굴로 미친 듯이 도망쳐 오고 있었다오. 그리고 그 바로 뒤로 검은 수염을 기른 거인이 손에 든 칼을 휘두르며 호랑처럼 돌진해 왔소.

그 작은 상인은 바람처럼 빨랐소. 그와 그를 쫓는 시크교도와의 거리가 점점 벌어졌소. 이대로 내 앞을 지나서 밖으로 나간다면 상인은 목숨을 구할 수 있을지도 몰랐소. 나는 한순간 그를 돕고 싶은 마음이 들기도 했지만 곧 보물을 생각하고 마음을 굳게 다잡았소. 나는 사내가 내 앞을 지나치려던 순간 총을 다리 사이로 찔러 넣었소. 상인은 총에 맞은 토끼처럼 두 번이나 구르고는 나가 떨어졌소. 상인이 비틀대며 일어서

려 하자 시크교도가 달려들어 칼로 배를 두 번 찔렀소. 상인은 신음소리 한 번 내지 못하고 근육 하나 제대로 움직이지 못한 채 쓰러졌던 곳으로 다시 고꾸라졌다오. 쓰러질 때 목뼈가 부러진 듯했지. 여러분, 내가 아까 한 약속이 거짓 약속이 아니라는 걸 이제 알겠소? 나는 있었던 일을 그대로 말하고 있는 거요. 내게 유리하든 불리하든 신경 쓰지 않고."

그는 일단 이야기를 끊고 수갑을 찬 손으로 홈즈가 준 물 탄 위스키 잔을 집었다. 솔직히 말해서 나는 말로 표현할 수 없을 만큼 이 사내가 두려웠다. 이 사내가 저지른 냉혹하기 짝이 없는 살인 사건도 그랬지만, 그 일을 경박하게까지 느껴질 만큼 태연하고 담담하게 털어놓는 것이 더욱 섬뜩했다. 이 사내가 무슨 벌을 받더라도, 나는 그를 눈곱만큼도 동정하지 않을 것이다. 셜록 홈즈와 존스는 그의 이야기에 깊은 흥미를 느낀 듯 무릎 위에 손을 올려놓고 가만히 앉아 있었지만 두 사람의 얼굴에도 마찬가지로 혐오하는 빛이 감돌았다. 사내도 그것을 눈치 챘는지 조금 도전적인 목소리로 다음 이야기를 이어갔다.

"물론 그것은 정말 몹쓸 짓이었소. 하지만 숨통이 끊어질 각오를 했는데 보물을 거부할 만한 사람이 세상에 얼마나 되겠소? 게다가 그 상인이 일단 요새 안으로 들어왔으니 나나 상인 중 하나는 목숨을 잃어야 할 판이었소. 만약 상인이 도망쳤다면 모든 일들이 밝혀지고, 나는 군사재판에 넘겨져 총살을 면치 못했을 거요. 때가 때인 만큼 나를 동정해 줄 만한 사람은 아무도 없었으니까."

"이야기를 계속해 보시오."

홈즈가 무뚝뚝하게 사내를 재촉했다.

"그러고 나서 압둘라, 아크바르, 나 이렇게 셋이 녀석의 시체를 요새 안으로 옮겼소. 작은 녀석이 어쩌나 그리 무겁던지. 무함마드 싱은 뒤에 남아서 문을 지키고 있었소. 우리는 시크교도들이 미리 준비해 둔 장소로 시체를 가져갔소. 내게도 조금은 낯익은 곳이었는데 구불구불한 통로를 한참 내려가면 널따란 방이 나왔고 그곳으로 들어가 얼마 지나지 않은 곳에 있었소. 벽돌로 만든 방의 벽은 완전히 무너져 내렸고, 그중 한 군데의 바닥이 내려앉았는데 거기가 시체를 묻기에 딱 좋은 장소였소. 거기에 아흐마드를 넣고 그 위로 무너져 내린 벽돌을 얹어 묻었소. 그런 다음 우리는 함께 보물이 있는 곳으로 갔소.

보물 상자는 아흐마드가 처음 습격을 받았을 때 떨어뜨린 장소에 있었소. 지금 이 테이블 위에 뚜껑이 열린 채 놓여 있는 상자가 바로 그거요. 상자 위 장식이 들어간 손잡이에 비단 끈으로 열쇠를 묶어 두었더군. 상자를 열어 등불로 비춰 보니 퍼쇼에서 살던 어린 시절에 책에서 봤거나 상상으로 떠올려 보았던 수많은 보물들이 들어 있었소. 보고 있으면

현기증이 날 정도였소. 우리는 한동안 보물을 정신없이 바라보다가 전부 밖으로 꺼내서 목록을 작성했소. 최고급 다이아몬드가 143개 있었는데, 그중 하나는 '무굴 황제'라는 이름으로 불리는, 세계에서 두 번째로 큰 것이라고 하오. 그리고 최상급 에메랄드가 97개 있었고, 루비도 170개나 있었는데 그중에는 아주 조그만 것들두 섞여 있었소. 그 밖에 서류석이 40개, 사파이어가 210개, 마노가 61개에 녹주석, 오닉스, 묘안석, 터키석 등 그때는 이름조차 몰랐던 보석들이 헤아릴 수도 없이 많이 나왔소. 지금은 이름을 좀 알게 되었지만. 그리고 품질 좋은 멋진 진주가 300개 정도 있었는데 그중 열두 개는 금관에 박혀 있었소. 그런데 그것을 누군가가 상자에서 꺼낸 모양이오. 내가 나중에 상자를 되찾았을 때 열어 보니 안에 없었거든.

우리는 보석을 헤아린 다음에 다시 상자에 넣고 문으로 가져가 무함마드 싱에게 보여 주었소. 그러고 나서 다시 한 번 서로를 돕고, 비밀을 지킬 것을 엄숙하게 맹세했소. 보물은 숨겨 두었다가 나라가 평화로워지면 각자의 몫을 챙기기로 했소. 그 자리에서 나눠 가진들 아무짝에도 쓸모가 없었으니. 그런 값비싼 보석을 가지고 있다는 사실이 알려지면 의심을 받을 것이 뻔했고 요새 안에는 혼자서 생활할 만한 방도, 보석을 숨겨 놓을 만한 장소도 없었소. 그래서 우리는 시체를 묻은 방으로 보물 상자를 가져갔소. 그러고는 무너져 내린 벽 중에서 가장 튼튼해 보이는 부분을 골라 그 밑에 구멍을 파고 보물을 숨겨 놓았소. 우리는 그 위치를 잘 표시해 두었고 장소를 자세히 그린 다음, 다음 날 내가 네 사람이 한 장씩 가질 수 있도록 지도 네 장을 그렸소. 그 밑에 네 사람이 서명을 했는데, 우리는 언제나 모두의 이익을 위해서 행동할 것이며, 혼자서만 이익을 보는 행동은 하지 않겠다고 맹세했기 때문이었소. 나는 가슴에 손을 얹고 말할 수 있소. 지금까지 그 맹세를 어긴 적이 단 한 번도 없었다고.

어쨌든 당신들에게 인도에서의 폭동이 어떻게 되었는지 굳이 내가 말할 필요는 없을 거요. 윌슨이 인도 북부에 있는 델리를 점령하고 콜린 경이 러크나우에 지원군을 보내자 폭동은 이미 진압된 거나 다름이 없었소. 새로운 부대들이 차례로 도착했고 나나 사히브[22]는 국경을 넘어 도망쳐 버렸소. 그레이트헤드 대령의 유격대는 아그라를 점령하고 폭도들을 내쫓았소. 나라가 곧 평화를 되찾을 것처럼 보였고, 우리도 각자의 몫을 챙겨서 무사히 탈출할 수 있는 날이 가까이 왔다는 생각에 희망을 느낄 수 있었소. 그런데 얼마 지나지 않아서 우리는 아흐마드를 살해한 범인으로 체포되어 희망은 물거품이 되어 버렸던 거요.

자초지종을 설명하면 이렇소. 그 군주가 아흐마드에게 보석을 맡긴 것은 그를 믿었기 때문이오. 하지만 동양인들은 의심이 많지. 그래서 군주는 더욱 믿을 만한 다른 하인에게 아흐마드를 감시하게 했소. 그 하인은 아흐마드에게서 절대로 눈을 떼지 말라는 명령을 받고 그림자처럼 그의 뒤를 따라다녔소. 사건이 일어난 그날 밤에도 그 하인은 아흐마드의 바로 뒤에 따라붙어서 그가 문 안으로 들어가는 모습을 지켜보았소. 하인은 아흐마드가 요새로 피신했을 거라 생각하고, 다음 날 자기도 허가를 얻어 요새 안으로 들어갔소. 하지만 어디서도 아흐마드를 찾을 수 없었던 거요. 그는 수상하게 생각하고 경비대 하사관에게 사실을 말했고, 하사관은 그 사실을 사령관에게 알렸소. 곧바로 철저한 수사가 이루어졌고 시체가 발견되었소. 그렇게 해서 이제 안전하다고 생각한 그

---

22) Nana Sahib. 인도 마라타동맹 왕국의 정치가로 세포이의 항쟁을 이끌었다. 1859년, 영국군이 칸푸르를 점령하자 네팔로 도주하였으나 열병으로 사망했다고 전해진다.

순간에 우리 넷은 모두 붙잡혀 살인죄로 재판을 받게 되었소. 세 사람은 그날 밤에 문의 보초를 섰다는 이유로, 나머지 한 사람은 죽은 사람과 함께 있었다는 이유로 말이오.

법정에서 보물 이야기는 한마디도 나오지 않았소. 군주는 이미 폐위되어 인도에서 쫓겨난 상태였기 때문에 보물에 관해 말해 줄 사람이 아무도 없었으니까. 하지만 살인에 관해서는 확실한 증거가 있었고, 우리 넷이 한 짓이라는 사실이 밝혀지고 말았소. 시크교도 셋은 종신형, 나는 사형을 선고받았소. 나중에는 나도 다른 사람들처럼 종신형으로 감형됐지만.

생각해 보니 우리도 참 기구한 운명에 놓이게 되었소. 네 사람 모두 족쇄에 매여 벗어날 가망이 전혀 없는 처지가 됐지만, 바깥에 나가기만 하면 떵떵거리며 살 수 있는 비밀을 각자의 가슴에 묻고 있었으니 말이오. 밖에서는 굉장한 보물들이 얌전히 기다리고 있는데, 인간 같지도 않은 간수들에게 채이고 주먹질당하며 쌀과 물로 연명하려니 그보다 더 괴로운 일도 없었소. 거의 미쳐 버릴 지경이었지만 나는 원래 끈질긴 편이었기 때문에 묵묵히 참으며 때가 오기를 기다렸소.

드디어 기회가 온 듯했소. 나는 아그라에서 마드라스로, 거기서 다시 안다만제도의 블레어 섬으로 이감되었소. 그 식민지에는 백인 수감자가 매우 적었고, 나는 처음부터 얌전하게 행동했기 때문에 곧 특별한 취급을 받았소. 해리엇 산기슭에 호프 타운이라는 조그만 부락이 있었는데 그곳의 오두막을 한 채 받아 거기서 꽤 자유로운 생활을 할 수 있게 되었소. 이루 말할 수 없이 더웠고 열병이 극성을 부리는 적적한 곳이었소. 우리가 개척한 좁은 지역에서 한 발짝이라도 벗어나면 거기에는 야만스러운 식인종들이 있었는데, 언제나 독침을 날려 우리를 죽이려고 틈을 노리고 있었소. 죄수들은 구멍을 파기도 하고, 도랑을 만들기도 하고, 감자를 심기도 하고, 그 밖에도 산더미처럼 많은 일을 하느라 하루 종일 쉴 틈이 없었소. 그래도 밤이 되면 얼마간 자기만의 시간을 누릴 수 있었소. 나는 안다만 섬에서 이런저런 많은 일들을 했는데 군의관을 도우면서 약을 짓는 법을 배웠고 의학 지식도 조금이나마 얻을 수 있었소. 그러는 동안에도 늘 도망칠 기회를 엿보고 있었지만 어디로 가든 수백 킬로미터나 되는 바다를 건너야만 했고 바다에는 거의 바람이 불지 않았기 때문에 도망친다는 것은 불가능에 가까운 일이었소.

소머턴이라는 군의관은 내기도 좋아하고 놀기도 좋아하는 청년이었소. 밤이면 젊은 사관들이 그의 숙소로 몰려들어 카드놀이를 하곤 했지. 내가 약을 조제하던 진료실은 그의 숙소 바로 옆에 있었는데 두 방 사이에 조그만 창이 하나 있었소. 외로울 때면 나는 종종 진료실의 불을 끄고 창가에 서서 군인들의 이야기를 듣기도 하고 카드놀이를 구경하기도 했소. 나도 카드 치는 걸 좋아하지만 남들이 하는 것을 지켜보는 것도 꽤 재미있었소. 숄토 소령, 모스턴 대위, 원주민 부대 지휘관인 브롬리 브라운 중위, 군의관과 두어 명의 간수들이 늘 모여서 게임을 했소. 그런데 간수들의 카드 실력이 보통이 아니어서 언제나 빈틈없고 안전한 수로 판을 이끌어 나갔소. 뭐 어쨌든 모두가 아주 즐겁게 게임을 즐겼지.

그런데 얼마 지나지 않아서 나는 한 가지 사실을 깨달을 수 있었소이다. 군인들은 늘 졌고 간수들은 늘 이기는 게 보이더란 말이오. 그렇다고 속임수를 쓰는 것도 아니었는데 결과가 늘 그랬지 뭐요. 간수들은 안다만제도에 오고 나서 달리 할 일이 없어서 늘 카드만 하다 보니 서로의 실력을 훤히 꿰뚫어 보고 있었소. 하지만 군인들은 그저 시간을 보내기 위해서 하는 것이니 결국 질 수밖에 없었던 거요. 군인들은 매일 밤 져서 돈을 잃기만 했고, 그럴수록 더욱 승부욕을 불태웠소. 가장 돈을 많이 잃은 건 숄토 소령이었지. 처음에는 지폐와 동전으로 돈을 냈지만 곧 어음을 냈고 액수도 커졌소. 때로는 두어 판을 계속해서 돈을 딸 힘을 되찾기도 했지만, 이내 딴 것보다 더 많은 돈을 잃곤 했소. 하루 종일 화난 얼굴로 안절부절 못했으며, 몸을 해칠 정도로 술을 마셔 댔소.

어느 날 밤, 소령은 다른 때보다 더 많은 돈을 잃었소. 나는 오두막에 앉아 있었는데 소령과 모스턴 대위가 비틀거리면서 집 앞을 지나 숙소로 돌아가고 있었소. 두 사람은 둘도 없이 친하게 지내는 막역한 사이로 언제나 함께 붙어 다녔소. 그때 소령이 푸념을 늘어놓는 것이 들렸소.

'이젠 완전히 끝장이야, 모스턴. 결국 사표를 낼 수밖에 없겠어. 나는 끝났네.'

모스턴 대위가 소령의 어깨를 두드리며 말했소.

'그런 소리 말게! 나는 그보다 더한 일을 당한 적도 있다네.'

내가 들은 것은 거기까지였지만 그것만으로도 충분했소. 하루 이틀이 지난 후, 숄토 소령이 해안에서 어슬렁거리는 것을 보고 나는 그에게 말을 걸었소.

'소령님, 잠깐 드릴 말씀이 있는데요.'

'아, 스몰. 무슨 일인가?'

소령이 물고 있던 담배를 입에서 빼며 묻자 나는 대답했소.

'숨겨 둔 보물을 누구에게 넘겨야 할지 소령님께 한번 여쭤 보고 싶었습니다. 솔직히 말씀드리자면 저는 50만 파운드의 보물을 숨겨 둔 곳을 알고 있습니다. 하지만 저는 그것을 쓸 수 없으니, 그럴 바에는 차라리 어디 관련된 정부 부서에 넘겨서 감형을 받는 게 낫지 않을까 합니다.'

소령은 신음소리 같은 한숨을 내쉬며 내 말이 사실인지를 확인하기 위해서 내 얼굴을 빤히 쳐다보았소.

'지금 50만 파운드라고 했나, 스몰?'

'그렇습니다, 소령님. 보석과 진주들입니다. 언제나 꺼낼 수 있도록 안전한 곳에 잘 숨겨 두었습니다. 원래 주인은 지금 추방을 당해서 그 소유권을 주장할 수 없는 상황입니다. 그러니 먼저 손에 넣은 사람이 그 보물의 임자지요.'

'스몰, 그런 건 정부에 넘겨야지.'

하지만 나는 소령의 숨넘어가는 소리를 듣고 이미 내 계략에 걸려들었음을 알 수 있었소.

'그럼 총독 각하에게 보고해야 할까요?'

내가 조용한 목소리로 말했소.

'아니, 아니. 서둘러 일을 처리할 필요는 없네. 나중에 후회하게 될지도 모르니까. 어떻게 된 일인지 전부 들려주게나, 스몰. 있는 그대로의 사실을 들어 보자고.'

나는 거짓을 약간 섞어서 보물을 숨긴 장소가 너무 확실하게 드러나지 않도록 했소. 그것만 빼고 소령에게 모든 자초지종을 말해 주었소. 이야기가 끝났는데도 그는 가만히 생각에 잠긴 채 그 자리에 서 있었소. 입술이 떨리는 걸로 봐서 소령이 심하게 갈등하는 게 분명했소. 그가 드디어 입을 열어 말했소.

'이건 아주 중요한 일일세, 스몰. 누구에게도 그 이야기를 해서는 안 돼. 빠른 시일 안에 다시 한 번 만나세.'

이틀이 지나서 소령은 친구인 모스턴 대위를 데리고 램프로 길을 비추면서 한밤중에 내 오두막으로 찾아와 이렇게 말했소.

'스몰, 전에 했던 이야기를 자네가 직접 모스턴 대위에게도 들려주게나.'

나는 전과 다름없는 이야기를 들려주었소.

'거짓말은 아닌 것 같지? 해 볼 만한 가치는 있지 않겠는가?'

소령의 말에 대위가 고개를 끄덕였고, 다시 소령이 말했소.

'잘 들어 보게, 스몰. 나는 이 친구와 함께 진지하게 이야기를 나눈 뒤에 이런 결론을 내렸다네. 아무리 생각해 봐도 자네의 비밀은 정부가 관여할 문제가 아니라 자네 한 사람에게만 국한된 문제라는 점일세. 그러니 그 보물은 자네의 재산이고, 자네가 좋을 대로 처분할 권리가 있네. 그런데 문제는, 자네가 원하는 조건이 무엇인가 하는 거야. 그것만 맞는다면 우리가 계약을 해 줄 수도 있어. 적어도 조사를 해 볼 생각은 있네.'

소령은 최대한 침착하고 냉정하게 말하려고 했지만 눈빛은 흥분과 욕

망으로 번뜩이고 있었소. 나도 최대한 침착해지려고 노력했지만 소령과 마찬가지로 흥분의 빛을 감추지 못한 채 대답했소.

'그렇습니까? 저 같은 처지에 있는 사람이 내걸 조건은 빤하지 않습니까? 저와 세 친구들이 자유의 몸이 될 수 있도록 도와주십시오. 그러면 두 분에게도 보물의 5분의 1을 드리겠습니다.'

'흠! 5분의 1이라고? 그다지 입맛이 당기지는 않는구면.'

소령이 말하자 내가 대꾸했소.

'두 분 앞으로 각각 5만 파운드씩은 돌아갈 겁니다.'

'하지만 자유의 몸이 될 수 있도록 도와달라니? 그건 불가능하다는 걸 자네도 알고 있지 않은가?'

'그렇지 않습니다. 그 방법이라면 아주 세세한 부분에 이르기까지 이미 생각해 둔 게 있습니다. 탈출에 가장 큰 장애가 되는 것은 바다를 건널 배와, 바다를 건널 동안 먹을 식량이 없다는 점입니다. 캘커타나 마드라스에 가면 요트나 범선 중에서 쓸 만한 것을 얼마든지 구할 수 있습니다. 그중 하나를 준비해 주시면 됩니다. 그러면 우리는 밤을 틈타서 그 배에 오를 테니, 인도의 아무 해안에나 내려 주시기만 하면 두 분의 역할은 끝입니다.'

내 말에 소령이 답했소.

'한 사람이라면 어떻게 해 보겠네만.'

'모두 함께 나갈 수 없다면 안 됩니다. 우리 넷은 언제나 행동을 같이 하기로 맹세했습니다.'

내가 대답했소.

'이보게 모스턴. 스몰은 입이 무거운 사람일세. 동료를 배신하지 않는군. 충분히 믿을 만한 이야기일세.'

소령이 이렇게 말하자 대위가 대답했소.

'별로 내키는 일은 아니지만 자네 말대로 대가가 엄청나니까.'

'좋았어. 스몰, 아무래도 우린 자네가 원하는 대로 움직이겠다. 물론, 그 전에 자네 이야기가 사실인지 조사해 볼 필요가 있겠지만. 상자를 숨긴 곳을 말하게. 그러면 내가 휴가를 내서 이번 달에 오는 교대선을 타고 인도로 들어가서 조사를 해 보겠다.'

소령의 말에, 상대가 일에 덤벼들수록 나는 더욱 냉정해지는 것을 느끼며 말했소.

'너무 그렇게 서두르지 마십시오. 나머지 세 친구의 승낙도 받아야 합니다. 말씀드리지 않았습니까? 우리는 셋이 함께 행동하기로 약속했다고요.'

'답답한 소리 말게! 검둥이 세 녀석이 우리 약속과 무슨 관계가 있단 말인가?'

소령이 거친 어조로 말했소.

'검든 파랗든 저는 친구들과 함께합니다.'

내가 대답했소.

이 문제를 해결하기 위해서 무함마드 싱과 압둘라 칸, 도스트 아크바르, 그리고 나까지 모두 모였소. 우리는 깊이 생각을 거듭한 끝에 드디어 결론을 내렸소. 우선 장교들에게 보물 지도를 주기로 했소. 그리고 숄토 소령이 아그라에 가서 우리가 한 이야기의 진위를 가리기로 했소. 거기서 보물 상자를 확인하면 그대로 거기에 두고, 식량을 실은 소형 요트를 루틀란드 섬 앞바다까지 가져오기로 한 거요. 우리들이 무슨 수를 써서든 그 요트에 이르면 소령은 다시 군에 복귀하고, 이번에는 모스턴 대위가 휴가를 얻어 아그라에서 우리와 만나 보물을 나누기로 했소. 거기서 대위가 소령의 몫까지 함께 받기로 하고 말이오. 지금까지 그 누구도 생각해 낸 적도, 입으로 말해 본 적도 없을 만큼 우리는 엄숙하게 맹세하고 굳게 약속했소. 나는 밤새도록 펜을 들어 다음 날 아침까지 두 장의 지도를 준비해 거기에 네 개의 서명을 적었소. 압둘라, 아크바르, 무함마드, 그리고 내 서명을 말이오.

　이야기가 너무 길어져서 좀 지루한 모양이오. 존스 씨는 나를 빨리 교도소에 처넣고 싶어서 아까부터 안절부절 못한다는 걸 잘 알고 있소. 되도록 간추려서 이야기하겠소. 숄토, 그 악당은 인도로 떠난 뒤 두 번 다시 모습을 드러내지 않았소. 얼마 뒤에 모스턴 대위가 우편선 승객 명단에 녀석의 이름이 올라 있는 것을 보여 주었소. 세상을 떠난 삼촌에게 상당한 재산을 물려받아 군대를 그만뒀다고 했소. 그래도 그는 우리와의 약속을 지킬 수 있었소. 그 뒤 모스턴이 바로 아그라로 가 보았지만 짐작대로 보물은 어디에도 없었다고 하오. 그 악당 녀석이 비밀스럽게 맺은 약속은 하나도 지키지 않은 채 보물만 통째로 가지고 달아난 것이었소. 그 날부터 나는 오직 복수만을 위해서 살아왔소. 낮에는 하루 종일 복수만을 생각했고, 밤이면 그 일에 대한 꿈을 꿀 정도였으니까. 복수심이 깊어지면서 나는 점점 참을 수가 없었소. 법이야 어찌 됐든 상관없었고, 교수대에 오른다 해도 조금도 무섭지 않았소. 섬을 탈출해서 숄토를 찾아내 목을 졸라 죽여 버리겠다는 생각밖에 없었소. 이제 내게는 아그라의 보물보다도 숄토를 죽이는 일이 더 중요했소.

　지금까지 내가 마음먹은 일 중에서 해내지 못한 일은 하나도 없었지만 때가 오기를 기다리는 건 정말 길고 지루했소. 아까 말한 대로 나는 의학 지식을 조금 익혀 두었소. 하루는 소머턴 군의관이 열병으로 침상에 누워 있었는데, 죄수들이 숲에서 발견했다며 조그만 안다만 원주민을 데리고 왔소. 중병에 걸려 나을 가능성이 없자 마을에서 떨어진 곳으로 혼자 죽으러 왔다가 죄수들에게 발견된 거였소. 젊은 뱀처럼 독기를 품고 있는 녀석이었지만 몇 달 치료를 해 줬더니 병이 완전히 나아서 걸어 다닐 수 있게 되었소. 그런데 녀석은 내가 마음에 들었는지 숲으로 돌아갈 생각은 않고 언제나 내 오두막 주변을 맴돌기만 했소. 녀석의 말을 조금 배웠더니 나를 더욱 마음에 들어 하는 눈치였소.

그의 이름은 통가였소. 통가는 배를 아주 잘 다뤘고 크고 널찍한 카누도 한 척 가지고 있었소. 나는 통가가 날 진심으로 존경하고 있으며 나를 위해서라면 무슨 일이든 할 것이라는 사실을 알고 드디어 탈출할 때가 왔다는 것을 깨달았다오. 그래서 나는 그와 탈출에 대한 이야기를 나눴소. 녀석이 밤에 보초가 없는 선착장으로 카누를 가지고 와 나를 실어다 주겠다고 했소. 나는 그에게 물통 대여섯 개에 물을 담고, 감자, 코코야자 열매, 고구마 등도 가득 싣고 오라고 일러두었소.

통가는 성실하고 믿을 만한 친구였소. 세상에 그처럼 충실한 친구도 없을 거요. 약속한 날 밤, 그가 카누를 저어 선착장으로 왔소. 그런데 재수 없게도 거기에 감시원이 한 명 있었소. 아프가니스탄 사람이었는데 걸핏하면 나를 무시하고 때리던 파탄이라는 자였소. 언젠가는 반드시 복수를 해 줄 생각이었는데 드디어 기회가 온 거요. 마치 운명의 여신이 내 앞길에 그 녀석을 보내서 섬을 떠나기 전에 복수를 하라고 말하는 듯했소. 녀석은 카빈 소총을 어깨에 메고 내게 등을 돌린 채 제방 위에 서 있었소. 머리통을 박살 낼 생각으로 돌을 찾았지만 하나도 보이지 않았소.

그 순간, 정말 기발한 생각이 떠오르면서 아주 가까운 곳에 무기가 있다는 사실을 깨달았소. 나는 어둠 속에 쪼그리고 앉아 의족을 떼어 냈소. 그리고 한쪽 다리로 세 걸음 뛰어가서 녀석을 덮쳤소. 녀석이 카빈

소총으로 나를 겨눴지만 나는 있는 힘껏 내리쳐 녀석의 이마를 깨뜨렸소. 보시오. 이 나무에 금간 흔적이 있지 않소? 여기로 녀석을 내리친 거요. 나도 균형을 잃는 바람에 우리는 한 덩어리가 돼서 땅바닥에 나뒹굴었지만 일어나 보니 녀석은 완전히 숨통이 끊긴 채 축 늘어져 있습디다. 나는 배가 있는 곳으로 갔고, 한 시간쯤 후에는 바다 멀리로까지 나올 수 있었소. 통가는 무기부터 자기 부족이 섬기는 신상까지, 자기 물건은 전부 가지고 왔소. 그중에 기다란 죽창과 안다만제도 사람들이 코코야자 껍질로 만든 돗자리가 있었는데 나는 그것으로 돛을 만들었소. 모든 것을 운에 맡긴 채 열흘 동안이나 항해를 계속했는데, 11일째 되던 날 말레이의 순례자들을 싣고 싱가포르에서 아라비아의 지다로 가던 무역선이 우릴 구조했소. 순례자들은 참으로 이상한 사람들이었지만 통가와 나는 곧 그들과도 그럭저럭 어울리게 되었소. 그 사람들에게도 딱 하나 좋은 점은 있었소. 그건 남의 일에 참견하지 않고 쓸데없는 질문도 하지 않았다는 점이었소.

그 조그만 친구와 내가 겪은 수많은 모험담을 늘어놓아 봤자 당신들은 별로 즐거워하지 않을 거요. 그걸 다 이야기하려면 날이 새 버리고 말 테니까. 런던으로 오려고 했지만 끊임없이 문제가 생겨서 좀처럼 들어올 수 없었소. 하지만 그동안에도 목적만큼은 절대로 잊지 않았소. 밤이 되면 곧잘 숄토의 꿈을 꾸곤 했는데 꿈속에서 녀석을 몇백 번이나 죽였는지 모르오. 그러다가 약 3, 4년 전에 드디어 영국으로 들어올 수 있었소. 숄토의 집을 찾는 일은 별로 어려운 일이 아니었고, 그 다음부터는 녀석이 보석을 돈으로 바꿨는지 아니면 그대로 가지고 있는지를 알아보기 시작했소. 난 도움이 될 만한 사람과 친분을 쌓았는데 그의 이름은 밝히지 않겠소. 괜한 사람을 끌어들이고 싶지 않으니까. 아무튼 얼마 지나지 않아서 숄토가 아직도 보석을 그대로 가지고 있다는 사실을 알아냈소. 이번에는 수단과 방법을 가리지 않고 녀석에게 다가가려고 노력했지만, 녀석도 빈틈이 없어서 두 아들과 하인들 말고도 권투 선수를 둘이나 고용해서 늘 자신을 지키도록 했소.

그러던 어느 날, 녀석이 죽음을 앞두고 있다는 소식을 들었소. 간신히 여기까지 왔는데, 이제 거의 다 잡은 거나 다름이 없었는데 그렇게 허무하게 놓칠 것이라 생각하니 거의 미쳐 버릴 것만 같았소. 나는 바로 녀석의 정원으로 달려가 창 너머로 안을 들여다보았소. 녀석은 두 아들을 양쪽에 세워 놓고 침대에 누워 있었소. 죽을 각오를 하고 당장 안으로 뛰어들어 세 명을 상대로 한바탕 벌이려고 했는데 내가 녀석의 얼굴을 본 순간 숄토는 죽고 말았소. 어쨌든 그날 밤, 나는 녀석이 보물을 숨겨 둔 장소를 적어 놓았을지도 모른다는 생각에 녀석의 방 안을 뒤졌소. 하지만 어디에서도 그런 것은 나오지 않았고 나는 더할 나위 없는 비참함과 분노를 느끼며 그 방에서 나왔소. 나오기 전에 나는 문득, 언젠가 시크교도 친구들을 만났을 때 내가 우리 원한의 표시를 남기고 왔다고 말하면 그들도 속 시원해할 거라는 생각이 들었소. 그래서 나는 지도에 적었던 것과 똑같이 '네 개의 서명'이라고 쓰고 그것을 녀석의 가슴에 핀으로 꽂아 두었소. 속임수에 넘어가 보물을 빼앗겼으면서도 아무런 증표도 없이 녀석을 무덤으로 보낼 수는 없었소.

그 무렵 나는 불쌍한 통가를 검둥이 식인종이라고 선전하고 다니며 사람들에게 구경을 시켜 우리 둘이 먹고살 돈을 마련했소. 통가는 사람들 앞에서 날고기를 뜯어 먹었고, 전장으로 나가는 용사들의 춤을 추었소. 그렇게 하루를 일하고 나면 언제나 모자 가득 동전이 모였소. 그러는 동안에도 변함없이 폰디체리 저택에 관한 세세한 정보가 들어왔는데 몇 년 동안은 아들들이 보물을 찾고 있다는 것 말고 별다른 정보가 들어오지 않았소. 그런데 드디어 기다리고 기다리던 소식이 들렸소. 보물을 찾았다는 거요! 집 꼭대기, 바솔로뮤 숄토 씨의 화학 실험실 천장 위에 있었소. 나는 당장 그곳으로 달려가 현장을 살펴보았는데 의족을 하고서 어떻게 거기까지 올라갈지 그저 막막하기만 했소. 그러던 중에 지붕에 들창이 있다는 것과 숄토 씨가 저녁 식사를 하는 시간을 알아냈소. 통가를 끌어들이면 일을 간단하게 마칠 수 있을 것 같았소.

그래서 나는 통가의 허리에 긴 로프를 감고 그 집으로 데려갔소. 통가는 고양이처럼 날렵하게 지붕으로 올라가더니 바로 안으로 들어갔소. 한데 운이 따르지 않았는지, 바솔로뮤 씨가 아직 그 방에 남아 있었소. 내가 로프를 타고 방으로 들어가 보니, 통가는 그 사람을 죽이고 제 딴에는 영리한 짓을 했다고 생각했는지 공작새처럼 득의양양해서 방 안

을 돌아다니고 있었소. 내가 피에 굶주린 난쟁이 악마 녀석이라고 소리 지르며 로프 끝으로 때리자 녀석은 아주 기겁을 하며 놀라더군. 나는 보물 상자를 밖으로 내린 뒤 로프를 타고 내려갔는데 그 전에 테이블 위에 '네 개의 서명'을 남겨 드디어 보물이 가장 정당한 권리를 가진 사람의 손에 들어왔다는 사실을 알렸소. 그런 다음 통가가 로프를 끌어올렸고 창문을 닫은 뒤, 들어갔던 것과 같은 방법으로 밖으로 나온 거요.

그 다음부터는 더 이상 이야기할 필요가 없을 것 같소. 예전에 어떤 배 주인에게 스미스의 오로라 호라는 증기선이 빠르다는 소리를 들었소. 그 배라면 도망치기에 아주 적합하다고 생각했지. 나는 스미스와 이야기를 해서 우리를 항구까지 잘 데려다준다면 후하게 사례하겠다고 약속했소. 스미스도 뭔가 수상하다고는 생각했겠지만 우리 비밀까지 전부 알고 있었던 것은 아니었소.

자, 여기까지가 사건의 진상이오. 하지만 나는 당신들을 즐겁게 해 주기 위해서 이런 이야기를 한 게 아니오. 당신들 때문에 이렇게 됐는데 그럴 이유가 없지. 하지만 내 결백을 증명하는 가장 좋은 방법은 모든 일을 숨김없이 이야기해서 숄토 소령이 내게 얼마나 몹쓸 짓을 했는지, 또 나는 그의 아들의 죽음에 대해서 얼마나 결백한지를 세상에 알리고 싶었기 때문이었소."

"정말 놀랍군요. 실로 흥미로운 사건이었는데, 그 사건의 결말에 잘 어울리는 이야기입니다. 당신들이 직접 로프를 가지고 왔다는 것만 빼면, 이야기의 후반부는 내게 조금도 새로울 것이 없었지만요. 그런데 나는 통가가 독침을 전부 잃어버린 줄 알았는데 배에 탔을 때 우리에게 한 방 날렸더군요."

셜록 홈즈가 말했다.

"전부 잃어버리긴 했는데 통 속에 하나가 남아 있었소."

"그렇군요. 그건 생각을 못했습니다."

"더 묻고 싶은 것이 있소이까?"

"아니, 이젠 없습니다. 고맙습니다."

죄수가 부드럽게 묻자 내 친구가 대답했다. 그때 애설니 존스가 입을 열었다.

"그건 그렇고, 이 정도면 충분하지 않습니까? 홈즈 선생님이 범죄 감식가라는 사실은 잘 알고 있습니다. 하지만 의무는 의무고, 선생님이 요구한 일도 이미 충분히 들어 줬습니다. 이 이야기꾼을 확실하게 감옥에 넣어야만 내 마음이 놓일 것 같군요. 아직 마차가 서 있고, 밖에는 경찰 두 명이 우리를 기다리고 있습니다. 두 분 모두 협력해 주셔서 대단히 감사합니다. 물론 재판이 열리면 참석해 주셔야 합니다. 나는 그만 가 봐

야겠습니다. 안녕히 주무십시오."

"두 분 모두 안녕히 주무시오."

조녀선 스몰이 말했다.

"스몰, 네가 앞장서서 나가도록. 네가 안다만제도에서 그 사내에게 무슨 짓을 했는지는 모르겠지만 어쨌든 그 의족에는 맞지 않도록 각별히 주의하고 있으니 말이야."

방에서 나갈 때 존스가 빈틈을 보이지 않으며 말했다.

한동안 우리 둘은 아무런 말도 하지 않은 채 담배만 피워 댔다. 그러다가 내가 입을 열었다.

"아, 드디어 이 조그만 연극도 막을 내렸군. 그런데 이 사건을 마지막으로 나는 더 이상 자네의 수사방법을 연구할 수 없을 것 같네. 모스턴 양이 내 청혼을 받아 들였다네."

홈즈가 아주 침통한 얼굴로 신음소리를 내뱉었다.

"그렇게 될 것 같았지. 솔직히 말해서 난 별로 축하해 주고 싶은 마음이 없군."

나는 마음이 조금 상해서 이렇게 물었다.

"내가 선택한 사람에게 불만이라도 있는 건가?"

"그럴 리가 있겠나? 그 아가씨는 내가 지금까지 본 숙녀들 중에서 가장 매력적이고, 이번 사건을 푸는 데도 상당한 도움을 주었다네. 틀림없이 이 방면에 재능을 가지고 있는 사람일세. 아버지의 서류 속에서 아그라의 지도를 빼내 가지고 있었다는 사실만 봐도 알 수 있지. 하지만 사랑은 감정적인 것이네. 한데 감정이란 내가 무엇보다도 중요시 여기는 냉정하고 올바른 이성과 완전히 반대되는 것이거든. 그래서 나는 절대로 결혼하지 않을 걸세. 그 때문에 판단력이 흐려져서는 안 되니까."

내가 웃으며 말했다.

"걱정할 것 없네. 내 판단력은 사랑이라는 감정의 시련을 견뎌 낼 수 있을 걸세. 그건 그렇고, 자네, 몹시 피곤해 보이는데."

"피곤하네. 벌써 반작용이 시작된 것 같은데. 한 일주일 정도는 시체처럼 축 늘어져 있을 걸세."

"정말 알 수가 없어. 다른 사람들 눈에는 게으름뱅이처럼 보이는 기간과 열정과 활력이 폭발하는 기간이 번갈아 찾아오니 말일세."

내가 말하자 홈즈가 대답했다.

"옳은 말일세. 내 안에는 굉장히 게으른 성격과 굉장히 활동적으로 일하는 성격이 함께 있다네. 나는 곧잘 괴테의 시를 떠올리곤 하지. '자연이 그대를 오직 하나의 인간으로 만들어 안타깝구나. 그대는 가치 있는 사람도, 최고의 악당도 될 수 있었던 것을.' 그런데 이번 노우드 사건 말인데, 내가 짐작한 대로 저택 안에 공범이 하나 있었네. 그건 집사인 랄라오가 분명해. 그래서 존스는 자기가 친 그물에서 물고기 하나 건졌답시고 모든 공로를 차지하게 되었네."

그의 말에 내가 대답했다.

"그건 조금 불공평한데. 이 사건은 전부 자네가 해결한 거 아닌가? 이번 일로 나는 아내를 맞이하게 되었고, 존스는 명예를 얻었네. 그렇다면 자네에게 남은 건 대체 뭔가?"

"나한테는……."

셜록 홈즈가 입을 열었다.

"아직 코카인 병이 남아 있네."

그는 병을 향해 길고 흰 손을 뻗었다.